Georg Büchner
Lenz

Studienausgabe
mit Quellenanhang
und Nachwort

Herausgegeben von
Hubert Gersch

Philipp Reclam jun. Stuttgart

Zu Büchners *Lenz* gibt es in
Reclams Universal-Bibliothek

- einen *Lektüreschlüssel für Schülerinnen und Schüler* (Nr. 15385)
- *Erläuterungen und Dokumente* (Nr. 8180)
- eine Interpretation in: *Georg Büchner* in der Reihe »Interpretationen« (Nr. 8415)

RECLAMS UNIVERSAL-BIBLIOTHEK Nr. 8210

Durchgesehene und erweiterte Ausgabe 1998
Gesamtherstellung: Reclam, Ditzingen. Printed in Germany 2012
RECLAM, UNIVERSAL-BIBLIOTHEK und
RECLAMS UNIVERSAL-BIBLIOTHEK sind eingetragene Marken
der Philipp Reclam jun. GmbH & Co. KG, Stuttgart
ISBN 978-3-15-008210-2

www.reclam.de

GEORG BÜCHNER

Lenz

Den 20. ging Lenz durchs Gebirg. Die Gipfel und hohen Bergflächen im Schnee, die Täler hinunter graues Gestein, grüne Flächen, Felsen und Tannen. Es war naßkalt, das Wasser rieselte die Felsen hinunter und sprang über den Weg. Die Äste der Tannen hingen schwer herab in die feuchte Luft. Am Himmel zogen graue Wolken, aber alles so dicht, und dann dampfte der Nebel herauf und strich schwer und feucht durch das Gesträuch, so träg, so plump. Er ging gleichgültig weiter, es lag ihm nichts am Weg, bald auf- bald abwärts. Müdigkeit spürte er keine, nur war es ihm manchmal unangenehm, daß er nicht auf dem Kopf gehn konnte. Anfangs drängte es ihm in der Brust, wenn das Gestein so wegsprang, der graue Wald sich unter ihm schüttelte, und der Nebel die Formen bald verschlang, bald die gewaltigen Glieder halb enthüllte; es drängte in ihm, er suchte nach etwas, wie nach verlornen Träumen, aber er fand nichts. Es war ihm alles so klein, so nahe, so naß, er hätte die Erde hinter den Ofen setzen mögen, er begriff nicht, daß er so viel Zeit brauchte, um einen Abhang hinunterzuklimmen, einen fernen Punkt zu erreichen; er meinte, er müsse alles mit ein paar Schritten ausmessen können. Nur manchmal, wenn der Sturm das Gewölk in die Täler warf, und es den Wald herauf dampfte, und die Stimmen an den Felsen wach wurden, bald wie fern verhallende Donner, und dann gewaltig heranbrausten, in Tönen, als wollten sie in ihrem wilden Jubel die Erde besingen, und die Wolken wie wilde wiehernde Rosse heransprengten, und der Sonnenschein dazwischen durchging und kam und sein blitzendes Schwert an den Schneeflächen zog, so daß ein helles, blendendes Licht über die Gipfel in die Täler schnitt; oder wenn der Sturm das Gewölk abwärts trieb und einen lichtblauen See hineinriß, und dann der Wind verhallte und tief unten aus den Schluchten, aus den Wipfeln der Tannen wie ein

Wiegenlied und Glockengeläute heraufsummte, und am tiefen Blau ein leises Rot hinaufklomm, und kleine Wölkchen auf silbernen Flügeln durchzogen und alle Berggipfel scharf und fest, weit über das Land hin glänzten und blitzten, riß es ihm in der Brust, er stand, keuchend, den Leib vorwärts gebogen, Augen und Mund weit offen, er meinte, er müsse den Sturm in sich ziehen, alles in sich fassen, er dehnte sich aus und lag über der Erde, er wühlte sich in das All hinein, es war eine Lust, die ihm wehe tat; oder er stand still und legte das Haupt ins Moos und schloß die Augen halb, und dann zog es weit von ihm, die Erde wich unter ihm, sie wurde klein wie ein wandelnder Stern und tauchte sich in einen brausenden Strom, der seine klare Flut unter ihm zog. Aber es waren nur Augenblicke, und dann erhob er sich nüchtern, fest, ruhig als wäre ein Schattenspiel vor ihm vorübergezogen, er wußte von nichts mehr. Gegen Abend kam er auf die Höhe des Gebirgs, auf das Schneefeld, von wo man wieder hinabstieg in die Ebene nach Westen, er setzte sich oben nieder. Es war gegen Abend ruhiger geworden; das Gewölk lag fest und unbeweglich am Himmel, so weit der Blick reichte, nichts als Gipfel, von denen sich breite Flächen hinabzogen, und alles so still, grau, dämmernd; es wurde ihm entsetzlich einsam, er war allein, ganz allein, er wollte mit sich sprechen, aber er konnte, er wagte kaum zu atmen, das Biegen seines Fußes tönte wie Donner unter ihm, er mußte sich niedersetzen; es faßte ihn eine namenlose Angst in diesem Nichts, er war im Leeren, er riß sich auf und flog den Abhang hinunter. Es war finster geworden, Himmel und Erde verschmolzen in eins. Es war als ginge ihm was nach, und als müsse ihn was Entsetzliches erreichen, etwas das Menschen nicht ertragen können, als jage der Wahnsinn auf Rossen hinter ihm. Endlich hörte er Stimmen, er sah Lichter, es wurde ihm leichter, man sagte ihm, er hätte noch eine halbe Stunde nach Waldbach. Er ging durch das Dorf, die Lichter schienen durch die Fenster, er sah hinein im Vorbeigehen, Kinder am Tische, alte Weiber, Mädchen, alles ruhige, stille Gesichter, es war ihm als müsse das Licht von ihnen ausstrahlen, es ward ihm leicht, er war bald in Waldbach im Pfarrhause. Man saß am Tische, er hinein; die blonden Locken hingen ihm um das bleiche Gesicht, es zuckte ihm in den Augen und um den Mund, seine Kleider waren zerrissen. Oberlin hieß ihn willkommen, er hielt ihn für einen Handwerker. »Sein Sie mir willkommen, obschon Sie mir unbekannt.« – Ich bin ein Freund von ⟨*x–x*⟩ und bringe Ihnen Grüße von ihm. »Der Name, wenn's beliebt ...« Lenz. »Ha, ha, ha, ist Er nicht gedruckt? Habe ich nicht einige Dramen gelesen, die einem Herrn dieses Namens zugeschrieben werden?« Ja, aber belieben Sie mich nicht darnach zu beurteilen. Man sprach weiter, er suchte nach Worten und erzählte rasch, aber auf der Folter; nach und nach wurde er ruhig, das heimliche Zimmer und die stillen Gesichter, die aus dem Schatten hervortraten, das helle Kindergesicht, auf dem alles Licht zu ruhen schien und das neugierig, vertraulich aufschaute, bis zur Mutter, die hinten im Schatten engelgleich stille saß. Er fing an zu erzählen, von seiner Heimat; er zeichnete allerhand Trachten, man drängte sich teilnehmend um ihn, er war gleich zu Haus, sein blasses Kindergesicht, das jetzt lächelte, sein lebendiges Erzählen; er wurde ruhig, es war ihm als träten alte Gestalten, vergessene Gesichter wieder aus dem Dunkeln, alte Lieder wachten auf, er war weg, weit weg. Endlich war es Zeit zum Gehen, man führte ihn über die Straße, das Pfarrhaus war zu eng, man gab ihm ein Zimmer im Schulhause. Er ging hinauf, es war kalt oben, eine weite Stube, leer, ein hohes Bett im Hintergrund, er stellte das Licht auf den Tisch, und ging auf und ab, er besann sich wieder auf den Tag, wie er hergekommen, wo er war, das Zimmer im Pfarrhause mit seinen Lichtern und lieben Gesichtern, es war ihm wie ein Schatten, ein Traum, und es wurde ihm leer, wieder wie auf dem Berg, aber er konnte es mit nichts mehr ausfüllen, das Licht war erloschen, die Finsternis verschlang alles; eine unnennbare

Angst erfaßte ihn, er sprang auf, er lief durchs Zimmer, die Treppe hinunter, vors Haus; aber umsonst, alles finster, nichts, er war sich selbst ein Traum, einzelne Gedanken huschten auf, er hielt sie fest, es war ihm als müsse er immer »Vater unser« sagen; er konnte sich nicht mehr finden, ein dunkler Instinkt trieb ihn, sich zu retten, er stieß an die Steine, er riß sich mit den Nägeln, der Schmerz fing an, ihm das Bewußtsein wiederzugeben, er stürzte sich in den Brunnstein, aber das Wasser war nicht tief, er patschte darin. Da kamen Leute, man hatte es gehört, man rief ihm zu. Oberlin kam gelaufen; Lenz war wieder zu sich gekommen, das ganze Bewußtsein seiner Lage, es war ihm wieder leicht, jetzt schämte er sich und war betrübt, daß er den guten Leuten Angst gemacht, er sagte ihnen, daß er gewohnt sei kalt zu baden, und ging wieder hinauf; die Erschöpfung ließ ihn endlich ruhen.

Den andern Tag ging es gut. Mit Oberlin zu Pferde durch das Tal; breite Bergflächen, die aus großer Höhe sich in ein schmales, gewundnes Tal zusammenzogen, das in mannichfachen Richtungen sich hoch an den Bergen hinaufzog, große Felsenmassen, die sich nach unten ausbreiteten, wenig Wald, aber alles im grauen ernsten Anflug, eine Aussicht nach Westen in das Land hinein und auf die Bergkette, die sich grad hinunter nach Süden und Norden zog, und deren Gipfel gewaltig, ernsthaft oder schweigend still, wie ein dämmernder Traum standen. Gewaltige Lichtmassen, die manchmal aus den Tälern, wie ein goldner Strom schwollen, dann wieder Gewölk, das an dem höchsten Gipfel lag, und dann langsam den Wald herab in das Tal klomm, oder in den Sonnenblitzen sich wie ein fliegendes silbernes Gesp⟨*i*⟩nst herabsenkte und hob; kein Lärm, keine Bewegung, kein Vogel, nichts als das bald nahe, bald ferne Wehn des Windes. Auch erschienen Punkte, Gerippe von Hütten, Bretter mit Stroh gedeckt, von schwarzer ernster Farbe. Die Leute, schweigend und ernst, als wagten sie die Ruhe ihres Tales nicht zu stören, grüßten ruhig, wie sie vorbeiritten. In den

Hütten war es lebendig, man drängte sich um Oberlin, er wies zurecht, gab Rat, tröstete; überall zutrauensvolle Blicke, Gebet. Die Leute erzählten Träume, Ahnungen. Dann rasch ins praktische Leben, Wege angelegt, Kanäle gegraben, die Schule besucht. Oberlin war unermüdlich, Lenz fortwährend sein Begleiter, bald in Gespräch, bald tätig am Geschäft, bald in die Natur versunken. Es wirkte alles wohltätig und beruhigend auf ihn, er mußte Oberlin oft in die Augen sehen, und die mächtige Ruhe, die uns über der ruhenden Natur, im tiefen Wald, in mondhellen schmelzenden Sommernächten überfällt, schien ihm noch näher, in diesem ruhigen Auge, diesem ehrwürdigen ernsten Gesicht. Er war schüchtern, aber er machte Bemerkungen, er sprach, Oberlin war sein Gespräch sehr angenehm, und das anmutige Kindergesicht Lenzens machte ihm große Freude. Aber nur solange das Licht im Tale lag, war es ihm erträglich; gegen Abend befiel ihn eine sonderbare Angst, er hätte der Sonne nachlaufen mögen; wie die Gegenstände nach und nach schattiger wurden, kam ihm alles so traumartig, so zuwider vor, es kam ihm die Angst an wie Kindern, die im Dunkeln schlafen; es war ihm als sei er blind; jetzt wuchs sie, der Alp des Wahnsinns setzte sich zu seinen Füßen, der rettungslose Gedanke, als sei alles nur sein Traum, öffnete sich vor ihm, er klammerte sich an alle Gegenstände, Gestalten zogen rasch an ihm vorbei, er drängte sich an sie, es waren Schatten, das Leben wich aus ihm und seine Glieder waren ganz starr. Er sprach, er sang, er rezitierte Stellen aus Shakespeare, er griff nach allem, was sein Blut sonst hatte rascher fließen machen, er versuchte alles, aber kalt, kalt. Er mußte dann hinaus ins Freie, das wenige, durch die Nacht zerstreute Licht, wenn seine Augen an die Dunkelheit gewöhnt waren, machte ihm besser, er stürzte sich in den Brunnen, die grelle Wirkung des Wassers machte ihm besser, auch hatte er eine geheime Hoffnung auf eine Krankheit, er verrichtete sein Bad jetzt mit weniger Geräusch. Doch je mehr er sich in das Leben hineinlebte, ward er ruhiger, er unterstützte Oberlin, zeichnete, las die Bibel; alte vergangne Hoffnungen gingen in ihm auf; das Neue Testament trat ihm hier so entgegen, und eines Morgens ging er hinaus. Wie Oberlin ihm erzählte, wie ihn eine unaufhaltsame Hand auf der Brücke gehalten hätte, wie auf der Höhe ein Glanz seine Augen geblendet hätte, wie er eine Stimme gehört hätte, wie es in der Nacht mit ihm gesprochen, und wie Gott so ganz bei ihm eingekehrt, daß er kindlich seine Lose aus der Tasche holte, um zu wissen, was er tun sollte, dieser Glaube, dieser ewige Himmel im Leben, dies Sein in Gott; jetzt erst ging ihm die Heilige Schrift auf. Wie den Leuten die Natur so nahtrat, alles in himmlischen Mysterien; aber nicht gewaltsam majestätisch, sondern noch vertraut! – Er ging des Morgens hinaus, die Nacht war Schnee gefallen, im Tal lag heller Sonnenschein, aber weiterhin die Landschaft halb im Nebel. Er kam bald vom Weg ab, und eine sanfte Höhe hinauf, keine Spur von Fußtritten mehr, neben einem Tannenwald hin, die Sonne schnitt Kristalle, der Schnee war leicht und flockig, hie und da Spur von Wild leicht auf dem Schnee, die sich ins Gebirg hinzog. Keine Regung in der Luft als ein leises Wehen, als das Rauschen eines Vogels, der die Flocken leicht vom Schwanze stäubte. Alles so still, und die Bäume weithin mit schwankenden weißen Federn in der tiefblauen Luft. Es wurde ihm heimlich nach und nach, die einförmigen gewaltigen Flächen und Linien, vor denen es ihm manchmal war, als ob sie ihn mit gewaltigen Tönen anredete⟨*n*⟩, waren verhüllt, ein heimliches Weihnachtsgefühl beschlich ihn, er meinte manchmal seine Mutter müsse hinter einem Baume hervortreten, groß, und ihm sagen, sie hätte ihm dies alles beschert; wie er hinunterging, sah er, daß um seinen Schatten sich ein Regenbogen von Strahlen legte, es wurde ihm, als hätte ihn was an der Stirn berührt, das Wesen sprach ihn an. Er kam hinunter. Oberlin war im Zimmer, Lenz kam heiter auf ihn zu, und sagte ihm, er möge wohl einmal predigen. »Sind Sie Theologe?« Ja! – »Gut, nächsten Sonntag.«

↳ Wunsch zu predigen

Lenz ging vergnügt auf sein Zimmer, er dachte auf einen Text zum Predigen und verfiel in Sinnen, und seine Nächte wurden ruhig. Der Sonntagmorgen kam, es war Tauwetter eingefallen. Vorüberstreifende Wolken, Blau dazwischen, die Kirche lag neben am Berg hinauf, auf einem Vorsprung, der Kirchhof drum herum. Lenz stand oben, wie die Glocke läutete und die Kirchengänger, die Weiber und Mädchen in ihrer ernsten schwarzen Tracht, das weiße gefaltete Schnupftuch auf dem Gesangbuche und den Rosmarinzweig von den verschiedenen Seiten die schmalen Pfade zwischen den Felsen herauf und herab kamen. Ein Sonnenblick lag manchmal über dem Tal, die laue Luft regte sich langsam, die Landschaft schwamm im Duft, fernes Geläute, es war als löste sich alles in eine harmonische Welle auf.
Auf dem kleinen Kirchhof war der Schnee weg, dunkles Moos unter den schwarzen Kreuzen, ein verspäteter Rosenstrauch lehnte an der Kirchhofmauer, verspätete Blumen dazu unter dem Moos hervor, manchmal Sonne, dann wieder dunkel. Die Kirche fing an, die Menschenstimmen begegneten sich im reinen hellen Klang; ein Eindruck, als schaue man in reines durchsichtiges Bergwasser. Der Gesang verhallte, Lenz sprach, er war schüchtern, unter den Tönen hatte sein Starrkrampf sich ganz gelegt, sein ganzer Schmerz wachte jetzt auf, und legte sich in sein Herz. Ein süßes Gefühl unendlichen Wohls beschlich ihn. Er sprach einfach mit den Leuten, sie litten alle mit ihm, und es war ihm ein Trost, wenn er über einige müdgeweinte Augen Schlaf, und gequälten Herzen Ruhe bringen, wenn er über dieses von materiellen Bedürfnissen gequälte Sein, diese dumpfen Leiden gen Himmel leiten konnte. Er war fester geworden, wie er schloß, da fingen die Stimmen wieder an:

Laß in mir die heil'gen Schmerzen,
Tiefe Bronnen ganz aufbrechen;
Leiden sei all' mein Gewinst,
Leiden sei mein Gottesdienst.

Das Drängen in ihm, die Musik, der Schmerz, erschütterte ihn. Das All war für ihn in Wunden; er fühlte tiefen unnennbaren Schmerz davon. Jetzt, ein anderes Sein, göttliche, zuckende Lippen bückten sich über ihm aus, und sogen sich an seine Lippen; er ging auf sein einsames Zimmer. Er war allein, allein! Da rauschte die Quelle, Ströme brachen aus seinen Augen, er krümmte sich in sich, es zuckten seine Glieder, es war ihm als müsse er sich auflösen, er konnte kein Ende finden der Wollust; endlich dämmerte es in ihm, er empfand ein leises tiefes Mitleid in sich selbst, er weinte über sich, sein Haupt sank auf die Brust, er schlief ein, der Vollmond stand am Himmel, die Locken fielen ihm über die Schläfe und das Gesicht, die Tränen hingen ihm an den Wimpern und trockneten auf den Wangen, so lag er nun da allein, und alles war ruhig und still und kalt, und der Mond schien die ganze Nacht und stand über den Bergen.

Am folgenden Morgen kam er herunter, er erzählte Oberlin ganz ruhig, wie ihm die Nacht seine Mutter erschienen sei; sie sei in einem weißen Kleide aus der dunkeln Kirchhofmauer hervorgetreten, und habe eine weiße und eine rote Rose an der Brust stecken gehabt; sie sei dann in eine Ecke gesunken, und die Rosen seien langsam über sie gewachsen, sie sei gewiß tot; er sei ganz ruhig darüber. Oberlin versetzte ihm nun, wie er bei dem Tod seines Vaters allein auf dem Felde gewesen sei, und er dann eine Stimme gehört habe, so daß er wußte, daß sein Vater tot sei, und wie er heimgekommen, sei es so gewesen. Das führte sie weiter, Oberlin sprach noch von den Leuten im Gebirge, von Mädchen, die das Wasser und Metall unter der Erde fühlten, von Männern, die auf manchen Berghöhen angefaßt würden und mit einem Geiste rängen; er sagte ihm auch, wie er einmal im Gebirg durch das Schauen in ein leeres tiefes Bergwasser in eine Art von Somnambulismus versetzt worden sei. Lenz sagte, daß der Geist des Wassers über ihn gekommen sei, daß er dann etwas von seinem eigentümlichen Sein empfunden hätte. Er fuhr weiter fort: Die einfachste, reinste Natur hinge am nächsten mit der elementarischen zusammen, je feiner der Mensch geistig fühlt und lebt, um so abgestumpfter würde dieser elementarische Sinn; er halte ihn nicht für einen hohen Zustand, er sei nicht selbstständig genug, aber er meine, es müsse ein unendliches Wonnegefühl sein, so von dem eigentümlichen Leben jeder Form berührt zu werden; für Gesteine, Metalle, Wasser und Pflanzen eine Seele zu haben; so traumartig jedes Wesen in der Natur in sich aufzunehmen, wie die Blumen mit dem Zu- und Abnehmen des Mondes die Luft.

Er sprach sich selbst weiter aus, wie in allem eine unaussprechliche Harmonie, ein Ton, eine Seligkeit sei, die in den höhern Formen mit mehr Organen aus sich herausgriffe, tönte, auffaßte und dafür aber auch um so tiefer affiziert würde, wie in den niedrigen Formen alles zurückgedrängter, beschränkter, dafür aber auch die Ruhe in sich größer sei. Er verfolgte das noch weiter. Oberlin brach es ab, es führte ihn zu weit von seiner einfachen Art ab. Ein andermal zeigte ihm Oberlin Farbentäfelchen, er setzte ihm auseinander, in welcher Beziehung jede Farbe mit dem Menschen stände, er brachte zwölf Apostel heraus, deren jeder durch eine Farbe repräsentiert würde. Lenz faßte das auf, er spann die Sache weiter, kam in ängstliche Träume, und fing an wie Stilling die Apokalypse zu lesen, und las viel in der Bibel.

Um diese Zeit kam Kaufmann mit seiner Braut ins Steintal. Lenzen war anfangs das Zusammentreffen unangenehm, er hatte sich so ein Plätzchen zurechtgemacht, das bißchen Ruhe war ihm so kostbar und jetzt kam ihm jemand entgegen, der ihn an so vieles erinnerte, mit dem er sprechen, reden mußte, der seine Verhältnisse kannte. Oberlin wußte von allem nichts; er hatte ihn aufgenommen, gepflegt; er sah es als eine Schickung Gottes, der den Unglücklichen ihm zugesandt hätte, er liebte ihn herzlich. Auch war es alles notwendig, daß er da war, er gehörte zu ihnen, als wäre er schon längst da, und niemand frug, woher er gekommen und wohin er gehen werde. Über Tisch war Lenz wieder in guter Stimmung, man sprach von Literatur, er war auf seinem Gebiete; die idealistische Periode fing damals an, Kaufmann war ein Anhänger davon, Lenz widersprach heftig. Er sagte: Die Dichter, von denen man sage, sie geben die Wirklichkeit, hätten auch keine Ahnung davon, doch seien sie immer noch erträglicher, als die, welche die Wirklichkeit verklären wollten. Er sagte: Der liebe Gott hat die Welt wohl gemacht wie sie sein soll, und wir können wohl nicht was Besseres klecksen, unser einziges Bestreben soll sein, ihm ein wenig nachzuschaffen. Ich verlange in allem Leben, Möglichkeit des Daseins, und dann ist's gut; wir haben dann nicht zu fragen, ob es schön, ob es häßlich ist, das Gefühl, daß was geschaffen sei, Leben habe, stehe über diesen beiden, und sei das einzige Kriterium in Kunstsachen. Übrigens begegne es uns nur selten, in Shakespeare finden wir es und in den Volksliedern tönt es einem ganz, in Göthe manchmal entgegen. Alles übrige kann man ins Feuer werfen. Die Leute können auch keinen Hundsstall zeichnen. Da wolle man idealistische Gestalten, aber alles, was ich davon gesehen, sind Holzpuppen. Dieser Idealismus ist die schmählichste Verachtung der menschlichen Natur. Man versuche es einmal und senke sich in das Leben des Geringsten und gebe es wieder, in den Zuckungen, den Andeutungen, dem ganzen feinen, kaum bemerkten Mienenspiel; er hätte dergleichen versucht im »Hofmeister« und den »Soldaten«. Es sind die prosaischsten Menschen unter der Sonne; aber die Gefühlsader ist in fast allen Menschen gleich, nur ist die Hülle mehr oder weniger dicht, durch die sie brechen muß. Man muß nur Aug und Ohren dafür haben. Wie ich gestern neben am Tal hinaufging, sah ich auf einem Steine zwei Mädchen sitzen, die eine band ihre Haare auf, die andre half ihr; und das goldne Haar hing herab, und ein ernstes bleiches Gesicht, und doch so jung, und die schwarze Tracht und die andre so sorgsam bemüht. Die schönsten, innigsten Bilder der altdeutschen Schule geben kaum eine Ahnung davon. Man möchte manchmal ein

Medusenhaupt sein, um so eine Gruppe in Stein verwandeln zu können, und den Leuten zurufen. Sie standen auf, die schöne Gruppe war zerstört; aber wie sie so hinabstiegen, zwischen den Felsen war es wieder ein anderes Bild. Die schönsten Bilder, die schwellendsten Töne, gruppieren, lösen sich auf. Nur eins bleibt, eine unendliche Schönheit, die aus einer Form in die andre tritt, ewig aufgeblättert, verändert, man kann sie aber freilich nicht immer festhalten und in Museen stellen und auf Noten ziehen und dann alt und jung herbeirufen, und die Buben und Alten darüber radotieren und sich entzücken lassen. Man muß die Menschheit lieben, um in das eigentümliche Wesen jedes einzudringen, es darf einem keiner zu gering, keiner zu häßlich sein, erst dann kann man sie verstehen; das unbedeutendste Gesicht macht einen tiefern Eindruck als die bloße Empfindung des Schönen, und man kann die Gestalten aus sich heraustreten lassen, ohne etwas vom Äußern hineinzukopieren, wo einem kein Leben, keine Muskeln, kein Puls entgegen schwillt und pocht. Kaufmann warf ihm vor, daß er in der Wirklichkeit doch keine Typen für einen Apoll von Belvedere oder eine Raphaelische Madonna finden würde. Was liegt daran, versetzte er, ich muß gestehen, ich fühle mich dabei sehr tot, wenn ich in mir arbeite, kann ich auch wohl was dabei fühlen, aber ich tue das Beste daran. Der Dichter und Bildende ist mir der liebste, der mir die Natur am wirklichsten gibt, so daß ich über seinem Gebild fühle, alles übrige stört mich. Die holländischen Maler sind mir lieber, als die italienischen, sie sind auch die einzigen faßlichen; ich kenne nur zwei Bilder, und zwar von Niederländern, die mir einen Eindruck gemacht hätten, wie das Neue Testament; das eine ist, ich weiß nicht von wem, Christus und die Jünger von Emmaus. Wenn man so liest, wie die Jünger hinausgingen, es liegt gleich die ganze Natur in den paar Worten. Es ist ein trüber, dämmernder Abend, ein einförmiger roter Streifen am Horizont, halbfinster auf der Straße, da kommt ein Unbekannter zu ihnen, sie sprechen, er bricht das Brot, da erkennen sie ihn, in einfach-menschlicher Art, und die göttlich-leidenden Züge reden ihnen deutlich, und sie erschrecken, denn es ist finster geworden, und es tritt sie etwas Unbegreifliches an, aber es ist kein gespenstisches Grauen; es ist wie wenn einem ein geliebter Toter in der Dämmerung in der alten Art entgegenträte, so ist das Bild, mit dem einförmigen, bräunlichen Ton darüber, dem trüben stillen Abend. Dann ein anderes. Eine Frau sitzt in ihrer Kammer, das Gebetbuch in der Hand. Es ist sonntäglich aufgeputzt, der Sand gestreut, so heimlich rein und warm. Die Frau hat nicht zur Kirche gekonnt, und sie verrichtet die Andacht zu Haus, das Fenster ist offen, sie sitzt darnach hingewandt, und es ist als schwebten zu dem Fenster über die weite ebne Landschaft die Glockentöne von dem Dorfe herein und verhallet der Sang der nahen Gemeinde aus der Kirche her, und die Frau liest den Text nach. – In der Art sprach er weiter, man horchte auf, es traf vieles, er war rot geworden über den Reden, und bald lächelnd, bald ernst, schüttelte er die blonden Locken. Er hatte sich ganz vergessen. Nach dem Essen nahm ihn Kaufmann beiseite. Er hatte Briefe von Lenzens Vater erhalten, sein Sohn sollte zurück, ihn unterstützen. Kaufmann sagte ihm, wie er sein Leben hier verschleudre, unnütz verliere, er solle sich ein Ziel stecken und dergleichen mehr. Lenz fuhr ihn an: Hier weg, weg! nach Haus? Toll werden dort? Du weißt, ich kann es nirgends aushalten, als da herum, in der Gegend, wenn ich nicht manchmal auf einen Berg könnte und die Gegend sehen könnte; und dann wieder herunter ins Haus, durch den Garten gehn, und zum Fenster hineinsehen. Ich würde toll! toll! Laßt mich doch in Ruhe! Nur ein bißchen Ruhe, jetzt wo es mir ein wenig wohl wird! Weg? Ich verstehe das nicht, mit den zwei Worten ist die Welt verhunzt. Jeder hat was nötig; wenn er ru⟨*h*⟩en kann, was könnt' er mehr haben! Immer steigen, ringen und so in Ewigkeit alles was der Augenblick gibt, wegwerfen und immer darben, um einmal zu genießen; dürsten, während einem helle Quellen über den Weg springen. Es ist mir jetzt erträglich, und da will ich bleiben; warum? warum? Eben weil es mir wohl ist; was will mein Vater? kann er mir geben? Unmöglich! Laßt mich in Ruhe. Er wurde heftig, Kaufmann ging, Lenz war verstimmt.

Am folgenden Tag wollte Kaufmann weg, er beredete Oberlin mit ihm in die Schweiz zu gehen. Der Wunsch, Lavater, den er längst durch Briefe kannte, auch persönlich kennenzulernen, bestimmte ihn. Er sagte es zu. Man mußte einen Tag länger wegen der Zurüstungen warten. Lenz fiel das aufs Herz, er hatte, um seiner unendlichen Qual loszuwerden, sich ängstlich an alles geklammert; er fühlte in einzelnen Augenblicken tief, wie er sich alles nur zurechtmache; er ging mit sich um wie mit einem kranken Kinde, manche Gedanken, mächtige Gefühle wurde er nur mit der größten Angst los, da trieb es ihn wieder mit unendlicher Gewalt darauf, er zitterte, das Haar sträubte ihm fast, bis er es in der ungeheuersten Anspannung erschöpfte. Er rettete sich in eine Gestalt, die ihm immer vor Augen schwebte, und in Oberlin; seine Worte, sein Gesicht taten ihm unendlich wohl. So sah er mit Angst seiner Abreise entgegen. Es war Lenzen unheimlich, jetzt allein im Hause zu bleiben. Das Wetter war milde geworden, er beschloß Oberlin zu begleiten, ins Gebirg. Auf der andern Seite, wo die Täler sich in die Ebne ausliefen, trennten sie sich. Er ging allein zurück. Er durchstrich das Gebirg in verschiedenen Richtungen, breite Flächen zogen sich in die Täler herab, wenig Wald, nichts als gewaltige Linien und weiter hinaus die weite rauchende Ebne, in der Luft ein gewaltiges Wehen, nirgends eine Spur von Menschen, als hie und da eine verlassene Hütte, wo die Hirten den Sommer zubrachten, an den Abhängen gelehnt. Er wurde still, vielleicht fast träumend, es verschmolz ihm alles in eine Linie, wie eine steigende und sinkende Welle, zwischen Himmel und Erde, es war ihm als läge er an einem unendlichen Meer, das leise auf- und abwogte. Manchmal saß er, dann ging er wieder, aber langsam träumend. Er suchte keinen Weg. Es war finster Abend, als er an eine bewohnte Hütte kam, im Abhang nach dem Steintal. Die Türe war verschlossen, er ging ans Fenster, durch das ein Lichtschimmer fiel. Eine Lampe erhellte fast nur einen Punkt, ihr Licht fiel auf das bleiche Gesicht eines Mädchens, das mit halb geöffneten Augen, leise die Lippen bewegend, dahinter ruhte. Weiter weg im Dunkel saß ein altes Weib, das mit schnarrender Stimme aus einem Gesangbuch sang. Nach langem Klopfen öffnete sie; sie war halb taub, sie trug Lenz einiges Essen auf und wies ihm eine Schlafstelle an, wobei sie beständig ihr Lied fortsang. Das Mädchen hatte sich nicht gerührt. Einige Zeit darauf kam ein Mann herein, er war lang und hager, Spuren von grauen Haaren, mit unruhigem verwirrtem Gesicht. Er trat zum Mädchen, sie zuckte auf und wurde unruhig. Er nahm ein getrocknetes Kraut von der Wand, und legte ihr die Blätter auf die Hand, so daß sie ruhiger wurde und verständliche Worte in langsam ziehenden, durchschneidenden Tönen summte. Er erzählte, wie er eine Stimme im Gebirge gehört, und dann über den Tälern ein Wetterleuchten gesehen habe, auch habe es ihn angefaßt und er habe damit gerungen wie Jakob. Er warf sich nieder und betete leise mit Inbrunst, während die Kranke in einem langsam ziehenden, leise verhallenden Ton sang. Dann gab er sich zur Ruhe.

Lenz schlummerte träumend ein, und dann hörte er im Schlaf, wie die Uhr pickte. Durch das leise Singen des Mädchens und die Stimme der Alten zugleich tönte das Sausen des Windes bald näher, bald ferner, und der bald helle, bald verhüllte Mond, warf sein wechselndes Licht traumartig in die Stube. Einmal wurden die Töne lauter, das Mädchen redete deutlich und bestimmt, sie sagte, wie auf der Klippe gegenüber eine Kirche stehe. Lenz sah auf und sie saß mit weit geöffneten Augen aufrecht hinter dem Tisch, und der Mond warf sein stilles Licht auf ihre Züge, von denen ein unheimlicher Glanz zu strahlen schien, zugleich schnarrte die Alte und über diesem Wechseln und Sinken des Lichts, den Tönen und Stimmen schlief endlich Lenz tief ein.

Er erwachte früh, in der dämmernden Stube schlief alles, auch das Mädchen war ruhig geworden, sie lag zurückgelehnt, die Hände gefaltet unter der linken Wange; das Geisterhafte aus ihren Zügen war verschwunden, sie hatte jetzt einen Ausdruck unbeschreiblichen Leidens. Er trat ans Fenster und öffnete es, die kalte Morgenluft schlug ihm entgegen. Das Haus lag am Ende eines schmalen, tiefen Tales, das sich nach Osten öffnete, rote Strahlen schossen durch den grauen Morgenhimmel in das dämmernde Tal, das im weißen Rauch lag und funkelte⟨*n*⟩ am grauen Gestein und trafen in die Fenster der Hütten. Der Mann erwachte, seine Augen trafen auf ein erleuchtet Bild an der Wand, sie richteten sich fest und starr darauf, nun fing er an die Lippen zu bewegen und betete leise, dann laut und immer lauter. Indem kamen Leute zur Hütte herein, sie warfen sich schweigend nieder. Das Mädchen lag in Zuckungen, die Alte schnarrte ihr Lied und plauderte mit den Nachbarn. Die Leute erzählten Lenzen, der Mann sei vor langer Zeit in die Gegend gekommen, man wisse nicht woher; er stehe im Rufe eines Heiligen, er sehe das Wasser unter der Erde und könne Geister beschwören, und man wallfahre zu ihm. Lenz erfuhr zugleich, daß er weiter vom Steintal abgekommen, er ging weg mit einigen Holzhauern, die in die Gegend gingen. Es tat ihm wohl, Gesellschaft zu finden; es war ihm jetzt unheimlich mit dem gewaltigen Menschen, von dem es ihm manchmal war, als rede er in entsetzlichen Tönen. Auch fürchtete er sich vor sich selbst in der Einsamkeit.

Er kam heim. Doch hatte die verflossene Nacht einen gewaltigen Eindruck auf ihn gemacht. Die Welt war ihm helle gewesen, und an sich ein Regen und Wimmeln nach einem Abgrund, zu dem ihn eine unerbittliche Gewalt hinriß. Er wühlte jetzt in sich. Er aß wenig; halbe Nächte im Gebet und fieberhaften Träumen. Ein gewaltsames Drängen, und dann erschöpft zurückgeschlagen; er lag in den heißesten

Tränen, und dann bekam er plötzlich eine Stärke, und erhob sich kalt und gleichgültig, seine Tränen waren ihm dann wie Eis, er mußte lachen. Je höher er sich aufriß, desto tiefer stürzte er hinunter. Alles strömte wieder zusammen. Ahnungen von seinem alten Zustande durchzuckten ihn, und warfen Streiflichter in das wüste Chaos seines Geistes. Des Tags saß er gewöhnlich unten im Zimmer, Madame Oberlin ging ab und zu, er zeichnete, malte, las, griff nach jeder Zerstreuung, alles hastig von einem zum andern. Doch schloß er sich jetzt besonders an Madame Oberlin an, wenn sie so dasaß, das schwarze Gesangbuch vor sich, neben eine Pflanze, im Zimmer gezogen, das jüngste Kind zwischen den Knieen; auch machte er sich viel mit dem Kinde zu tun. So saß er einmal, da wurde ihm ängstlich, er sprang auf, ging auf und ab. Die Türe halb offen, da hörte er die Magd singen, erst unverständlich, dann kamen die Worte

Auf dieser Welt hab' ich kein' Freud',
Ich hab' mein Schatz und der ist weit.

Das fiel auf ihn, er verging fast unter den Tönen. Mad. Oberlin sah ihn an. Er faßte sich ein Herz, er konnte nicht mehr schweigen, er mußte davon sprechen. »Beste Madame Oberlin, können Sie mir nicht sagen, was das Frauenzimmer macht, dessen Schicksal mir so zentnerschwer auf dem Herzen liegt?« »Aber Herr Lenz, ich weiß von nichts.«
Er schwieg dann wieder und ging hastig im Zimmer auf und ab; dann fing er wieder an: Sehen Sie, ich will gehn; Gott, sie sind noch die einzigen Menschen, wo ich's aushalten könnte, und doch – doch, ich muß weg, zu i h r – aber ich kann nicht, ich darf nicht. – Er war heftig bewegt und ging hinaus. Gegen Abend kam Lenz wieder, es dämmerte in der Stube; er setzte sich neben Madame Oberlin. Sehn Sie, fing er wieder an, wenn sie so durchs Zimmer ging, und so halb für sich allein sang, und jeder Tritt war eine Musik, es war so eine Glückseligkeit in ihr, und das strömte in mich über, ich war immer ruhig, wenn ich sie ansah, oder sie so den Kopf

an mich lehnte, und Gott! Gott – Ich war schon lange nicht mehr ruhig. ⟨*x–x*⟩ Ganz Kind; es war, als war ihr die Welt zu weit, sie zog sich so in sich zurück, sie suchte das engste Plätzchen im ganzen Haus, und da saß sie, als wäre ihre ganze Seligkeit nur in einem kleinen Punkt, und dann war mir's auch so; wie ein Kind hätte ich dann spielen können. Jetzt ist es mir so eng, so eng, sehn Sie, es ist mir manchmal, als stieß' ich mit den Händen an den Himmel; o ich ersticke! Es ist mir dabei oft, als fühlt' ich physischen Schmerz, da in der linken Seite, im Arm, womit ich sie sonst faßte. Doch kann ich sie mir nicht mehr vorstellen, das Bild läuft mir fort, und dies martert mich, nur wenn es mir manchmal ganz hell wird, so ist mir wieder recht wohl. – Er sprach später noch oft mit Madame Oberlin davon, aber meist nur in abgebrochenen Sätzen; sie wußte wenig zu antworten, doch tat es ihm wohl.

Unterdessen ging es fort mit seinen religiösen Quälereien. Je leerer, je kälter, je sterbender er sich innerlich fühlte, desto mehr drängte es in ihn, eine Glut in sich zu wecken, es kamen ihm Erinnerungen an die Zeiten, wo alles in ihm sich drängte, wo er unter all seinen Empfindungen keuchte; und jetzt so tot. Er verzweifelte an sich selbst, dann warf er sich nieder, er rang die Hände, er rührte alles in sich auf; aber tot! tot! Dann flehete er, Gott möge ein Zeichen an ihm tun, dann wühlte er in sich, fastete, lag träumend am Boden. Am dritten Hornung hörte er, ein Kind in Fouday sei gestorben, er faßte es auf, wie eine fixe Idee. Er zog sich in sein Zimmer und fastete einen Tag. Am vierten trat er plötzlich ins Zimmer zu Mad. Oberlin, er hatte sich das Gesicht mit Asche beschmiert, und forderte einen alten Sack; sie erschrak, man gab ihm, was er verlangte. Er wickelte den Sack um sich, wie ein Büßender, und schlug den Weg nach Fouday ein. Die Leute im Tale waren ihn schon gewohnt; man erzählte sich allerlei Seltsames von ihm. Er kam ins Haus, wo das Kind lag. Die Leute gingen gleichgültig ihrem Geschäfte nach; man wies ihm eine Kammer, das Kind lag im Hemde auf Stroh, auf einem Holztisch. Lenz schauderte, wie er die kalten Glieder berührte und die halbgeöffneten gläsernen Augen sah. Das Kind kam ihm so verlassen vor, und er sich so allein und einsam; er warf sich über die Leiche nieder; der Tod erschreckte ihn, ein heftiger Schmerz faßte ihn an, diese Züge, dieses stille Gesicht sollte verwesen, er warf sich nieder, er betete mit allem Jammer der Verzweiflung, daß Gott ein Zeichen an ihm tue, und das Kind beleben möge, wie er schwach und unglücklich sei; dann sank er ganz in sich und wühlte all seinen Willen auf einen Punkt, so saß er lange starr. Dann erhob er sich und faßte die Hände des Kindes und sprach laut und fest: Stehe auf und wandle! Aber die Wände hallten ihm nüchtern den Ton nach, daß es zu spotten schien, und die Leiche blieb kalt. Da stürzte er halb wahnsinnig nieder, dann jagte es ihn auf, hinaus ins Gebirg. Wolken zogen rasch über den Mond; bald alles im Finstern, bald zeigten sie die nebelhaft verschwindende Landschaft im Mondschein. Er rannte auf und ab. In seiner Brust war ein Triumph-Gesang der Hölle. Der Wind klang wie ein Titanenlied, es war ihm, als könne er eine ungeheure Faust hinauf in den Himmel ballen und Gott herbeireißen und zwischen seinen Wolken schleifen; als könnte er die Welt mit den Zähnen zermalmen und sie dem Schöpfer ins Gesicht speien; er schwur, er lästerte. So kam er auf die Höhe des Gebirges, und das ungewisse Licht dehnte sich hinunter, wo die weißen Steinmassen, und der Himmel war ein dummes blaues Aug, und der Mond stand ganz lächerlich drin, einfältig. Lenz mußte laut lachen, und mit dem Lachen griff der Atheismus in ihn und faßte ihn ganz sicher und ruhig und fest. Er wußte nicht mehr, was ihn vorhin so bewegt hatte, es fror ihn, er dachte, er wolle jetzt zu Bette gehn, und er ging kalt und unerschütterlich durch das unheimliche Dunkel – es war ihm alles leer und hohl, er mußte laufen und ging zu Bette.

Am folgenden Tag befiel ihn ein großes Grauen vor seinem gestrigen Zustande, er stand nun am Abgrund, wo eine

Lenz deutet seine Niederlage als einen Sieg der Hölle – wird zum Widersacher Gottes wahnsinnige Lust ihn trieb, immer wieder hineinzuschauen, und sich diese Qual zu wiederholen. Dann steigerte sich seine Angst, die Sünde ⟨*in den*⟩ Heilige⟨*n*⟩ Geist stand vor ihm.

Einige Tage darauf kam Oberlin aus der Schweiz zurück, viel früher als man es erwartet hatte. Lenz war darüber betroffen. Doch wurde er heiter, als Oberlin ihm von seinen Freunden in Elsaß erzählte. Oberlin ging dabei im Zimmer hin und her, und packte aus, legte hin. Dabei erzählte er von Pfeffel, das Leben eines Landgeistlichen glücklich preisend. Dabei ermahnte er ihn, sich in den Wunsch seines Vaters zu fügen, seinem Berufe gemäß zu leben, heimzukehren. Er sagte ihm: Ehre Vater und Mutter u. dgl. m. Über dem Gespräch geriet Lenz in heftige Unruhe; er stieß tiefe Seufzer aus, Tränen drangen ihm aus den Augen, er sprach abgebrochen. Ja, ich halt' es aber nicht aus; wollen Sie mich verstoßen? Nur in Ihnen ist der Weg zu Gott. Doch mit mir ist's aus! Ich bin abgefallen, verdammt in Ewigkeit, ich bin der Ewige Jude. Oberlin sagte ihm, dafür sei Jesus gestorben, er möge sich brünstig an ihn wenden, und er würde teilhaben an seiner Gnade.

Lenz erhob das Haupt, rang die Hände, und sagte: Ach! ach! göttlicher Trost. Dann frug er plötzlich freundlich, was das Frauenzimmer mache. Oberlin sagte, er wisse von nichts, er wolle ihm aber in allem helfen und raten, er müsse ihm aber Ort, Umstände und Person angeben. Er antwortete nichts, wie gebrochne Worte: ach sie ist tot! Lebt sie noch? du Engel, sie liebte mich – ich liebte sie, sie war's würdig, o du Engel. Verfluchte Eifersucht, ich habe sie aufgeopfert – sie liebte noch einen andern – ich liebte sie, sie war's würdig – o gute Mutter, auch die liebte mich. Ich bin ein Mörder. Oberlin versetzte: vielleicht lebten alle diese Personen noch, vielleicht vergnügt; es möge sein, wie es wolle, so könne und werde Gott, wenn er sich zu ihm bekehrt haben würde, diesen Personen auf sein Gebet und Tränen so viel Gutes erweisen, daß der Nutzen, den sie alsdann von ihm

da er nicht mehr der von Gott begünstigte ist
Lenz langweilt nicht die ·

hätten, den Schaden, den er ihnen zugefügt, vielleicht weit überwiegen würde. Er wurde darauf nach und nach ruhiger und ging wieder an sein Malen.

Den Nachmittag kam er wieder, auf der linken Schulter hatte er ein Stück Pelz und in der Hand ein Bündel Gerten, die man Oberlin nebst einem Briefe für Lenz mitgegeben hatte. Er reichte Oberlin die Gerten mit dem Begehren, er sollte ihn damit schlagen. Oberlin nahm die Gerten aus seiner Hand, drückte ihm einige Küsse auf den Mund und sagte: dies wären die Streiche, die er ihm zu geben hätte, er möchte ruhig sein, seine Sache mit Gott allein ausmachen, alle möglichen Schläge würden keine einzige seiner Sünden tilgen; dafür hätte Jesus gesorgt, zu dem möchte er sich wenden. Er ging.

Beim Nachtessen war er wie gewöhnlich etwas tiefsinnig. Doch sprach er von allerlei, aber mit ängstlicher Hast. Um Mitternacht wurde Oberlin durch ein Geräusch geweckt. Lenz rannte durch den Hof, rief mit hohler, harter Stimme den Namen Friederike mit äußerster Schnelle, Verwirrung und Verzweiflung ausgesprochen, er stürzte sich dann in den Brunnentrog, patschte darin, wieder heraus und herauf in sein Zimmer, wieder herunter in den Trog, und so einigemal, endlich wurde er still. Die Mägde, die in der Kinderstube unter ihm schliefen, sagten, sie hätten oft, insonderheit aber in selbiger Nacht, ein Brummen gehört, das sie mit nichts als mit dem Tone einer Haberpfeife zu vergleichen wußten. Vielleicht war es sein Winseln, mit hohler, fürchterlicher, verzweifelnder Stimme.

Am folgenden Morgen kam Lenz lange nicht. Endlich ging Oberlin hinauf in sein Zimmer, er lag im Bett ruhig und unbeweglich. Oberlin mußte lange fragen, ehe er Antwort bekam; endlich sagte er: Ja Herr Pfarrer, sehen Sie, die Langeweile! die Langeweile! o! so langweilig, ich weiß gar nicht mehr, was ich sagen soll, ich habe schon alle Figuren an die Wand gezeichnet. Oberlin sagte ihm, er möge sich zu Gott wenden; da lachte er und sagte: ja wenn ich so glücklich wäre, wie Sie, einen so behaglichen Zeitvertreib aufzufinden, ja man könnte sich die Zeit schon so ausfüllen. Alles aus Müßiggang. Denn die meisten beten aus Langeweile; die andern verlieben sich aus Langeweile, die dritten sind tugendhaft, die vierten lasterhaft und ich gar nichts, gar nichts, ich mag mich nicht einmal umbringen: es ist zu langweilig:

O Gott in Deines Lichtes Welle,
In Deines glüh'nden Mittags Zelle
Sind meine Augen wund gewacht,
Wird es denn niemals wieder Nacht?

Oberlin blickte ihn unwillig an und wollte gehen. Lenz huschte ihm nach und indem er ihn mit unheimlichen Augen ansah: sehn Sie, jetzt kommt mir doch was ein, wenn ich nur unterscheiden könnte, ob ich träume oder wache: sehn Sie, das ist sehr richtig, wir wollen es untersuchen; er huschte dann wieder ins Bett. Den Nachmittag wollte Oberlin in der Nähe einen Besuch machen; seine Frau war schon fort; er war im Begriff, wegzugehen, als es an seine Tür klopfte und Lenz hereintrat mit vorwärts gebogenem Leib, niederwärts hängendem Haupt, das Gesicht über und über und das Kleid hie und da mit Asche bestreut, mit der rechten Hand den linken Arm haltend. Er bat Oberlin, ihm den Arm zu ziehen, er hätte ihn verrenkt, er hätte sich zum Fenster heruntergestürzt, weil es aber niemand gesehen, wollte er es auch niemand sagen. Oberlin erschrak heftig, doch sagte er nichts, er tat was Lenz begehrte, zugleich schrieb er an den Schulmeister in Bellefosse, er möge herunterkommen und gab ihm Instruktionen. Dann ritt er weg. Der Mann kam. Lenz hatte ihn schon oft gesehen und hatte sich an ihn attachiert. Er tat als hätte er mit Oberlin etwas reden wollen, wollte dann wieder weg. Lenz bat ihn, zu bleiben und so blieben sie beisammen. Lenz schlug noch einen Spaziergang nach Fouday vor. Er besuchte das Grab des Kindes, das er hatte erwecken wollen, kniete zu verschiedenen Malen nieder, küßte die Erde des Grabes, schien betend, doch mit großer Verwirrung, riß etwas von der auf dem Grab stehenden Blume ab, als ein Andenken, ging wieder zurück nach Waldbach, kehrte wieder um und Sebastian mit. Bald ging er langsam und klagte über große Schwäche in den Gliedern, dann ging er mit verzweifelnder Schnelligkeit, die Landschaft beängstigte ihn, sie war so eng, daß er an alles zu stoßen fürchtete. Ein unbeschreibliches Gefühl des Mißbehagens befiel ihn, sein Begleiter ward ihm endlich lästig, auch mochte er seine Absicht erraten und suchte Mittel ihn zu entfernen. Sebastian schien ihm nachzugeben, fand aber heimlich Mittel, seine Brüder von der Gefahr zu benachrichtigen, und nun hatte Lenz zwei Aufseher statt einen. Er zog sie weiter herum, endlich ging er nach Waldbach zurück und da sie nahe an dem Dorfe waren, kehrte er wie ein Blitz wieder um und sprang wie ein Hirsch gen Fouday zurück. Die Männer setzten ihm nach. Indem sie ihn in Fouday suchten, kamen zwei Krämer und erzählten ihnen, man hätte in einem Hause einen Fremden gebunden, der sich für einen Mörder ausgäbe, aber gewiß kein Mörder sein könne. Sie liefen in dies Haus und fanden es so. Ein junger Mensch hatte ihn auf sein ungestümes Dringen in der Angst gebunden. Sie banden ihn los und brachten ihn glücklich nach Waldbach, wohin Oberlin indessen mit seiner Frau zurückgekommen war. Er sah verwirrt aus, da er aber merkte, daß er liebreich und freundlich empfangen wurde, bekam er wieder Mut, sein Gesicht veränderte sich vorteilhaft, er dankte seinen beiden Begleitern freundlich und zärtlich und der Abend ging ruhig herum. Oberlin bat ihn inständig, nicht mehr zu baden, die Nacht ruhig im Bette zu bleiben und wenn er nicht schlafen könne, sich mit Gott zu unterhalten. Er versprach's und tat es so die folgende Nacht, die Mägde hörten ihn fast die ganze Nacht hindurch beten. – Den folgenden Morgen kam er mit vergnügter Miene auf Oberlins Zimmer. Nachdem sie verschiedenes gesprochen hatten, sagte er mit ausnehmender Freundlichkeit: Liebster

Herr Pfarrer, das Frauenzimmer, wovon ich Ihnen sagte, ist gestorben, ja gestorben, der Engel. Woher wissen Sie das? – Hieroglyphen, Hieroglyphen – und dann zum Himmel geschaut und wieder: ja gestorben – Hieroglyphen. Es war dann nichts weiter aus ihm zu bringen. Er setzte sich und schrieb einige Briefe, gab sie sodann Oberlin mit der Bitte, einige Zeilen dazuzusetzen. ⟨*x–x*⟩

Sein Zustand war indessen immer trostloser geworden, alles was er an Ruhe aus der Nähe Oberlins und aus der Stille des Tals geschöpft hatte, war weg; die Welt, die er hatte nutzen wollen, hatte einen ungeheuern Riß, er hatte keinen Haß, keine Liebe, keine Hoffnung, eine schreckliche Leere und doch eine folternde Unruhe, sie auszufüllen. Er hatte n i c h t s. Was er tat, tat er mit Bewußtsein und doch zwang ihn ein innerlicher Instinkt. Wenn er allein war, war es ihm so entsetzlich einsam, daß er beständig laut mit sich redete, rief, und dann erschrak er wieder und es war ihm, als hätte eine fremde Stimme mit ihm gesprochen. Im Gespräch stockte er oft, eine unbeschreibliche Angst befiel ihn, er hatte das Ende seines Satzes verloren; dann meinte er, er müsse das zuletzt gesprochene Wort behalten und immer sprechen, nur mit großer Anstrengung unterdrückte er diese Gelüste. Es bekümmerte die guten Leute tief, wenn er manchmal in ruhigen Augenblicken bei ihnen saß und unbefangen sprach und er dann stockte und eine unaussprechliche Angst sich in seinen Zügen malte, er die Personen, die ihm zunächst saßen krampfhaft am Arm faßte und erst nach und nach wieder zu sich kam. War er allein, oder las er, war's noch ärger, all seine geistige Tätigkeit blieb manchmal in einem Gedanken hängen; dachte er an eine fremde Person, oder stellte er sie sich lebhaft vor, so war es ihm, als würde er sie selbst, er verwirrte sich ganz und dabei hatte er einen unendlichen Trieb, mit allem um ihn im Geist willkürlich umzugehen; die Natur, Menschen, nur Oberlin ausgenommen, alles traumartig, kalt; er amüsierte sich, die Häuser auf die Dächer zu stellen, die Menschen an- und auszukleiden, die wahnwitzigsten Possen auszusinnen. Manchmal fühlte er einen unwiderstehlichen Drang, das Ding auszuführen, und dann schnitt er entsetzliche Fratzen. Einst saß er neben Oberlin, die Katze lag gegenüber auf einem Stuhl, plötzlich wurden seine Augen starr, er hielt sie unverrückt auf das Tier gerichtet, dann glitt er langsam den Stuhl herunter, die Katze ebenfalls, sie war wie bezaubert von seinem Blick, sie geriet in ungeheure Angst, sie sträubte sich scheu, Lenz mit den nämlichen Tönen, mit fürchterlich entstelltem Gesicht, wie in Verzweiflung stürzten beide aufeinander los, da endlich erhob sich Madame Oberlin, um sie zu trennen. Dann war er wieder tief beschämt. Die Zufälle des Nachts steigerten sich aufs schrecklichste. Nur mit der größten Mühe schlief er ein, während er zuvor die noch schreckliche Leere zu füllen versucht hatte. Dann geriet er zwischen Schlaf und Wachen in einen entsetzlichen Zustand; er stieß an etwas Grauenhaftes, Entsetzliches, der Wahnsinn packte ihn, er fuhr mit fürchterlichem Schreien, in Schweiß gebadet, auf, und erst nach und nach fand er sich wieder. Er mußte dann mit den einfachsten Dingen anfangen, um wieder zu sich zu kommen. Eigentlich nicht er selbst tat es, sondern ein mächtiger Erhaltungstrieb, es war als sei er doppelt und der eine Teil suchte den andern zu retten, und rief sich selbst zu; er erzählte, er sagte in der heftigsten Angst Gedichte her, bis er wieder zu sich kam. Auch bei Tage bekam er diese Zufälle, sie waren dann noch schrecklicher; denn sonst hatte ihn die Helle davor bewahrt. Es war ihm dann, als existiere er allein, als bestünde die Welt nur in seiner Einbildung, als sei nichts, als er, er sei das ewig Verdammte, der Satan; allein mit seinen folternden Vorstellungen. Er jagte mit rasender Schnelligkeit sein Leben durch und dann sagte er: konsequent, konsequent; wenn jemand was sprach: inkonsequent, inkonsequent; es war die Kluft unrettbaren Wahnsinns, eines Wahnsinns durch die Ewigkeit. Der Trieb der geistigen Erhaltung jagte ihn auf; er stürzte sich in Oberlins Arme, er klammerte sich an ihn, als wolle er sich in ihm drängen, er war das einzige Wesen, das für ihn lebte und durch den ihm wieder das Leben offenbart wurde. Allmählig brachten ihn Oberlins Worte denn zu sich, er lag auf den Knieen vor Oberlin, seine Hände in den Händen Oberlins, sein mit kaltem Schweiß bedecktes Gesicht auf dessen Schoß, am ganzen Leibe bebend und zitternd. Oberlin empfand unendliches Mitleid, die Familie lag auf den Knieen und betete für den Unglücklichen, die Mägde flohen und hielten ihn für einen Besessenen. Und wenn er ruhiger wurde, war es wie der Jammer eines Kindes, er schluchzte, er empfand ein tiefes, tiefes Mitleid mit sich selbst; das waren auch seine seligsten Augenblicke. Oberlin sprach ihm von Gott. Lenz wand sich ruhig los und sah ihn mit einem Ausdruck unendlichen Leidens an, und sagte endlich: aber ich, wär' ich allmächtig, sehen Sie, wenn ich so wäre, und ich könnte das Leiden nicht ertragen, ich würde retten, retten, ich will ja nichts als Ruhe, Ruhe, nur ein wenig Ruhe und schlafen können. Oberlin sagte, dies sei eine Profanation. Lenz schüttelte trostlos mit dem Kopfe. Die halben Versuche zum Entleiben, die er indes fortwährend machte, waren nicht ganz Ernst, es war weniger der Wunsch des Todes, für ihn war ja keine Ruhe und Hoffnung im Tod; es war mehr in Augenblicken der fürchterlichsten Angst oder der dumpfen ans Nichtsein grenzenden Ruhe ein Versuch, sich zu sich selbst zu bringen durch physischen Schmerz. Augenblicke, wenn sein Geist sonst auf irgend einer wahnwitzigen Idee zu reiten schien, waren noch die glücklichsten. Es war doch ein wenig Ruhe und sein wirrer Blick war nicht so entsetzlich, als die nach Rettung dürstende Angst, die ewige Qual der Unruhe! Oft schlug er sich den Kopf an die Wand, oder versetzte sich sonst einen heftigen physischen Schmerz.

Den 8. morgens blieb er im Bette, Oberlin ging hinauf; er lag fast nackt auf dem Bette und war heftig. Oberlin wollte ihn zudecken, er klagte aber sehr, wie schwer alles sei, so schwer, er glaube gar nicht, daß er gehen könne, jetzt endlich empfände er die ungeheure Schwere der Luft. Oberlin sprach ihm Mut zu. Er blieb aber in seiner frühern Lage und blieb den größten Teil des Tages so, auch nahm er keine Nahrung zu sich. Gegen Abend wurde Oberlin zu einem Kranken nach Bellefosse gerufen. Es war gelindes Wetter und Mondschein. Auf dem Rückweg begegnete ihm Lenz. Er schien ganz vernünftig und sprach ruhig und freundlich mit Oberlin. Der bat ihn, nicht zu ⟨*weit*⟩ zu gehen, er versprach's; im Weggehen wandte er sich plötzlich um und trat wieder ganz nah zu Oberlin und sagte rasch: sehn Sie, Herr Pfarrer, wenn ich das nur nicht mehr hören müßte mir wäre geholfen. »Was denn, mein Lieber?« Hören Sie denn nichts, hören Sie denn nicht die entsetzliche Stimme, die um den ganzen Horizont schreit, und die man gewöhnlich die Stille heißt, seit ich in dem stillen Tal bin, hör' ich's immer, es läßt mich nicht schlafen, ja Herr Pfarrer, wenn ich wieder einmal schlafen könnte. Er ging dann kopfschüttelnd weiter. Oberlin ging zurück nach Waldbach und wollte ihm jemand nachschicken, als er ihn die Stiege herauf in sein Zimmer gehen hörte. Einen Augenblick darauf platzte etwas im Hof mit so starkem Schall, daß es Oberlin unmöglich von dem Falle eines Menschen herkommen zu können schien. Die Kindsmagd kam todblaß und ganz zitternd. ⟨*x–x*⟩

Er saß mit kalter Resignation im Wagen, wie sie das Tal hervor nach Westen fuhren. Es war ihm einerlei, wohin man ihn führte; mehrmals wo der Wagen bei dem schlechten Wege in Gefahr geriet, blieb er ganz ruhig sitzen; er war vollkommen gleichgültig. In diesem Zustand legte er den Weg durchs Gebirg zurück. Gegen Abend waren sie im Rheintale. Sie entfernten sich allmählig vom Gebirg, das nun wie eine tiefblaue Kristallwelle sich in das Abendrot hob, und auf deren warmer Flut die roten Strahlen des Abend spielten; über die Ebene hin am Flusse des Gebirges lag ein schimmerndes bläuliches Gespinst. Es wurde finster, je mehr sie sich Straßburg näherten; hoher Vollmond, alle fernen Gegenstände dunkel, nur der Berg neben bildete eine scharfe

Linie, die Erde war wie ein goldner Pokal, über den schäumend die Goldwellen des Monds liefen. Lenz starrte ruhig hinaus, keine Ahnung, kein Drang; nur wuchs eine dumpfe Angst in ihm, je mehr die Gegenstände sich in der Finsternis verloren. Sie mußten einkehren; da machte er wieder mehre Versuche, Hand an sich zu legen, war aber zu scharf bewacht. Am folgenden Morgen bei trübem regnerischem Wetter traf er in Straßburg ein. Er schien ganz vernünftig, sprach mit den Leuten; er tat alles wie es die andern taten, es war aber eine entsetzliche Leere in ihm, er fühlte keine Angst mehr, kein Verlangen; sein Dasein war ihm eine notwendige Last. – – So lebte er hin.

Quellenanhang

JOHANN FRIEDRICH OBERLIN

Herr L……

in der Druckfassung Der Dichter Lenz, im Steintale* durch August Stöber

Den 20. Januar 1778 kam er hieher. Ich kannte ihn nicht. Im ersten Blick sah ich ihn, den Haaren und hängenden Locken nach, für einen Schreinergesell an; seine freimütige Manier aber zeigte bald daß mich die Haare betrogen hatten. – »Seien Sie willkommen, ob Sie mir schon unbekannt.« – »Ich bin ein Freund K…s und bringe ein Kompliment von ihm.« – »Der Name, wenn's beliebt?« – »Lenz.« – »Ha, ha, ist Er nicht gedruckt?« (Ich erinnerte mich einige Dramen gelesen zu haben, die einem Herrn dieses Namens zugeschrieben wurden.) Er antwortete: »Ja; aber belieben Sie mich nicht darnach zu beurteilen.«

Wir waren vergnügt untereinander; er zeichnete uns verschiedene Kleidungen der Russen und Livländer vor; wir sprachen von ihrer Lebensart, u. s. w. Wir logierten ihn in das Besuchzimmer im Schulhause.

Die darauffolgende Nacht hörte ich eine Weile im Schlaf laut reden, ohne daß ich mich ermuntern konnte. Endlich fuhr ich plötzlich zusammen, horchte, sprang auf, horchte wie-

* Dieser rührende, schlicht und herzlich geschriebene Aufsatz, ist aus Pfarrer Oberlins Papieren gezogen, ein merkwürdiger Beitrag zur Lebensgeschichte eines unglücklichen, talentvollen Dichters. S. »Vie de J. F. Oberlin«, par D. E. Stoeber, p. 215. »Der Dichter Lenz, Mittheilungen« von Aug. Stöber, »Morgenblatt« 1831, Nro. 250 u. ff., wo sich auch die von Lenz an Salzmann gerichteten Briefe befinden. Mein seliger Freund, der am 19. Februar 1837 zu Zürich gestorben, G. Büchner, hat auf den Grund dieses Aufsatzes eine Novelle geschrieben, die aber leider nur Fragment geblieben ist und in der Ausgabe seiner Schriften, die D. Gutzkow besorgt, erscheinen soll. S. »Conversationslexicon der Gegenwart«. Art. »Büchner«. Der Einsend.

der. Da hörte ich mit Schulmeisters Stimme laut sagen: Allez donc au lit – qu'est-ce que c'est que ça – hé! – dans l'eau par un temps si froid! – Allez, allez au lit!
Eine Menge Gedanken durchdrangen sich in meinem Kopf. Vielleicht, dachte ich, ist er ein Nachtwandler und hatte das Unglück in die Brunnbütte zu stürzen; man muß ihm also Feuer, Tee, machen, um ihn zu erwärmen und zu trocknen. Ich warf meine Kleider um mich und hinunter an das Schulhaus. Schulmeister und seine Frau, noch vor Schrecken blaß, sagten mir: Herr Lenz hätte die ganze Nacht nicht geschlafen, wäre hin und her gegangen, aufs Feld hinter dem Hause, wieder herein, endlich hinunter an den Brunnentrog, streckte die Hände ins Wasser, stieg auf den Trog, stürzte sich hinein und platscherte drin wie eine Ente; sie, Schulmeister und seine Frau, hatten gefürchtet er wolle sich ertränken, riefen ihm zu – er wieder aus dem Wasser, sagte, er wäre gewohnt sich im kalten Wasser zu baden, und ging wieder auf sein Zimmer. – Gottlob, sagte ich, daß es w⟨*eiter*⟩ nichts ist; Herr K... liebt das kalte Bad auch, und Herr L... ist ein Freund von Hn. K...
Das war für uns alle der erste Schreck; ich eilte zurück um meine Frau auch zu beruhigen.
Von dem an verrichtete er, auf mein Bitten, sein Baden mit mehrerer Stille.
Den 21. ritt er mit mir nach Belmont, wo wir die allgemeine Großmutter, die 176 Abstämmlinge erlebet, begruben. Daheim kommunizierte er mir mit einer edeln Freimütigkeit, was ihm an meinem Vortrag, u. s. w. mißfallen; wir waren vergnügt beieinander, es war mir wohl bei ihm; er zeigte sich in allem als ein liebenswürdiger Jüngling.
Hr. K... hatte mir sagen lassen: er würde, seiner Braut das Steintal zu zeigen, zu uns kommen und einen Theologen mitbringen, der gerne hier predigen möchte.
Ich bin nun bald eilf Jahre hier; anfangs waren meine Predigten vortrefflich, nach dem Geschmacke der Steintäler. Seitdem ich aber dieser guten Leute Fehler kenne und ihre

äußerste Unwissenheit in allem, und besonders in der Sprache selbst, in der man ihnen predigt, und ich mich daher so tief mir immer möglich herunter⟨*zu*⟩lassen und dem mir nun bekannten Bedürfnis meiner Zuhörer gemäß zu predigen mich bemühe, seitdem hat man beständig daran auszusetzen. Bald heißt es: ich wäre zu scharf; bald: so könne es jeder; bald: meine Mägde hätten mir meine Predigt gemacht, u. s. w. Überdies macht mir das Predigen oft mehr Mühe als alle andre Teile meines Amtes zusammengenommen. Ich bin daher herzlich froh wann bisweilen jemand anders für mich predigen will.

Hr. L..., nachdem er die Schulen der Conductrices und anderes in Augenschein genommen, und er mir seine Gedanken freimütig über alles mitgeteilt, äußerte mir seinen Wunsch für mich zu predigen. Ich fragte ihn ob er der Theolog wäre, von dem mir Hr. K... hätte sagen lassen? »Ja«, sagte er, und ich ließ mir's, um obiger Ursachen willen, gefallen; es geschah den darauffolgenden Sonntag, den 25sten. Ich ging vor den Altar, sprach die Absolution, und Hr. L... hielt auf der Kanzel eine schöne Predigt, nur mit etwas zu vieler Erschrockenheit. Hr. K... war mit seiner Braut auch in der Kirche. Sobald er konnte bat er mich, mit ihm besonders zu gehn, und fragte mich mit bedeutender Miene, wie sich Hr. L. seitdem betragen und was wir miteinander gesprochen hätten. Ich sagte ihm was ich noch davon wußte; H. K. sagte: es wäre gut. Bald darauf war er auch mit Hrn. L. allein. Es kam mir dies alles etwas bedenklich vor, wollte da nicht fragen, wo ich sah daß man geheimnisvoll wäre, nahm mir aber vor meinen Unterricht weiter zu suchen.

Hr. K. lud mich freundschaftlich ein, mit ihm zu seiner Hochzeit in die Schweiz zu gehn. So gern ich längst die Schweiz gesehen, einen Lavater, einen Pfenninger und andre Männer gekannt und gesprochen hätte, so sehr meinem Leibe und Gemüte (ich hatte einige harte Monate gehabt), eine Aufmunterung und Stärkung durch eine Reise wünschbar war, so unübersteigliche Hindernisse fand ich auf allzu vielen Seiten. Hr. K. räumte einen großen Teil durch Mitteilung seines Reiseplanes aus dem Wege; ich überlegte den Rest und fand Möglichkeit.

Am Montag, den 26., nachdem ich meine⟨*n*⟩ letzten damaligen Patienten begraben hatte, ging ich den nächsten Weg über Rhein. Herr L. sollte die Kanzel und mein Hr. Amtsbruder die eigentlichen Actus pastorales, die den damaligen Umständen nach, sparsam oder gar nicht vorkommen sollten, versehen.

Ich kam nicht weiter als bis nach Köndringen und Emmendingen, wo ich Hrn. Sander und am zweiten Ort Hrn. Schlosser zum ersten Mal sah und besprach; sodann über Breisach nach Colmar, wo ich Hrn. Pfeffel und Lerse kennenlernte; und zurück ins Steintal.

Ich hatte nun hinlänglichen Unterricht in Ansehung Hrn. L.⟨. . *s*⟩ bekommen, und übrigens so viel Satisfaktion von meiner Reise, daß, so rar bei einem Steintäler Pfarrer das Geld ist, ich sie nicht um hundert Taler g⟨*ä*⟩be.

Über meine unvermutete Rückkunft war Hr. L. betroffen und etwas bestürzt, meine Frau aber entzückt, und bald darauf, nach einiger Unterredung, auch Hr. L.

Ich hörte daß in meiner Abwesenheit vieles, auf Hrn. L . . .s Umstände Passendes und für ihn Nützliches gesprochen worden, ohngeachtet meine Frau die Umstände selbst, die ich erst auf meiner Reise erfuhr, nicht wußte.

Ich erfuhr ferner daß Hr. L., nach vorhergegangenen eintägigen Fasten, Bestreichung des Gesichtes mit Asche, Begehrung eines alten Sackes, den 3. Hornung ein zu Fouday soeben verstorbenes Kind, das Friederike hieß, aufwecken wollte, welches ihm aber fehlgeschlagen.

Er hatte eine Wunde am Fuß hiehergebracht, die ihn hinken machte und ihn nötigte hierzubleiben. Meine Frau verband sie ihm täglich und man konnte baldige Heilung hoffen. Durch das unruhige Hinundherlaufen aber, da er das Kind erwecken wollte, verschlimmerte sich die Wunde so sehr, daß man die Entzündung mit erweichenden Aufschlägen w⟨*e*⟩hren mußte. Auf unsre und Hrn. K...s häufige Vorstellungen, hatte er sein Baden eingestellt, um die Heilung der Wunde zu befördern. In der Nacht aber, zwischen dem 4. und 5. Hornung, sprang er wieder in den Brunnentrog, mit heftiger Bewegung, um, wie er nachher gestand, die Wunde aufs neue zu verschlimmern.

Seit Hrn. K...s Besuch logierte Hr. L. nicht mehr im Schulhaus, sondern bei uns in dem Zimmer über der Kindsstube. Den Tag hindurch war er auf meiner Stube, wo er sich mit Zeichnen und Malen der Schweizergegenden, mit Durchblättern und Lesen der Bibel, mit Predigtschreiben, und Unterredung mit meiner Frau beschäftigte.

Den 5. Hornung kam ich von meiner Reise zurück; er war, wie ich oben gesagt, anfangs darüber bestürzt, und bedauerte sehr daß ich nicht in der Schweiz gewesen. Ich erzählte ihm daß Hr. Hofrat Pfeffel die Landgeistlichen so glücklich schätzt, und ihren Stand beneidenswert hält, weil er so unmittelbar zur Beglückung des Nächsten aufweckt. Es machte Eindruck auf ihn. Ich bediente mich dieses Augenblicks ihn zu ermahnen sich dem Wunsche seines Vaters zu unterwerfen, sich mit ihm auszusöhnen, u. s. w.

Da ich bei manchen Gelegenheiten wahrgenommen daß sein Herz von fürchterlicher Unruhe gemartert wurde, sagte ich ihm, er würde sodann wieder zur Ruhe kommen, und schwerlich eher, denn Gott w⟨*ü*⟩ßte seinem Worte: »Ehre Vater und Mutter«, Nachdruck zu geben, u. s. w.

Alles was ich sagte waren nur meistens Antworten auf abgebrochene, oft schwer zu verstehende Worte, die er in großer Beklemmung seines Herzens ausstieß. Ich merkte, daß er bei Erinnerung getaner, mir unbekannter Sünde, schauderte, an der Möglichkeit der Vergebung verzweifelte; ich antwortete ihm darauf; er hob seinen niederhängenden Kopf auf, blickte gen Himmel, rang die Hände, und sagte: »Ach! ach! göttlicher Trost – ach – göttlich – o – ich bete – ich bete an!« ⟨*Er*⟩ sagte mir sodann ohne Verwirrung, daß

er nun Gottes Regierung erkenne und preise, die mich so bald, ihn zu trösten, wieder heimgeführt.
Ich ging im Zimmer hin und her, packte aus, legte in Ordnung, stellte mich zu ihm hin. Er sagte mit freundlicher Miene: »Bester Herr Pfarrer, können Sie mir doch nicht sagen was das Frauenzimmer macht, dessen Schicksal mir so zentnerschwer auf dem Herzen liegt?« Ich sagte ihm, w⟨*ü*⟩ßte von der ganzen Sache nichts, ich wolle ihm in allem, was ihn wahrhaft beruhigen könne, aus allen Kräften dienen, er müßte mir aber Ort und Personen nennen. Er antwortete nicht, stand in der erbärmlichsten Stellung, redete gebrochene Worte: »Ach! ist sie tot? Lebt sie noch? – Der Engel, sie liebte mich – ich liebte sie, sie war's würdig – o, der Engel! – Verfluchte Eifersucht! ich habe sie aufgeopfert – sie liebte noch einen andern – aber sie liebte mich – ja herzlich – aufgeopfert – die Ehe hatte ich ihr versprochen, hernach verlassen – o, verfluchte Eifersucht! – – O, gute Mutter! – auch die liebte mich – ich bin euer Mörder!«
Ich antwortete wie ich konnte; sagte ihm unter anderm, vielleicht lebten diese Personen alle noch, und vielleicht vergnügt; es mag sein wie es wolle, so könnte und würde Gott, wenn er sich zu ihm bekehrt haben würde, diesen Personen auf sein Gebet und Tränen, so viel Gutes erweisen, daß der Nutzen, den sie sodann von ihm hätten, den Schaden so er ihnen zugefügt, leicht und vielleicht weit überwiegen würde. – Er wurde jedoch nach und nach ruhiger, und ging an sein Malen.
Hr. ⟨*E*⟩. hatte mir zu Emmendingen einige in Papier gepackte Gerten, nebst einem Brief für ihn mitgegeben. Eines Males kam er zu mir; auf der linken Schulter hatte er ein Stück Pelz, so ich, wenn ich mich der Kälte lange aussetzen muß, auf den Leib zu legen gewohnt bin. In der Hand hielt er die noch eingepackten Gerten; er gab sie mir, mit Begehren, ich solle ihn damit herumschlagen. Ich nahm die Gerten aus seiner Hand, drückte ihm einige Küsse auf den Mund und sagte: Dies wären die Streiche, die ich ihm zu geben

hätte, er möchte ruhig sein, seine Sachen mit Gott allein ausmachen; alle möglichen Schläge würden keine einzige seiner Sünden tilgen, dafür hätte Jesus gesorgt, zu dem möchte er sich wenden. Er ging.
Beim Nachtessen war er etwas tiefsinnig. Doch sprachen wir von allerlei. Wir gingen endlich vergnügt voneinander und zu Bette. – Um Mitternacht erwachte ich plötzlich; er rannte durch den Hof, rief mit harter etwas hohler Stimme einige Silben, die ich nicht verstand; seitdem ich aber weiß daß seine Geliebte Friedericke* hieß, kommt es mir vor als ob es dieser Name gewesen wäre, mit äußerster Schnelle, Verwirrung und Verzweiflung ausgesprochen. Er stürzte sich, wie gewöhnlich, in den Brunnentrog, patschte drin, wieder heraus und hinauf in sein Zimmer, wieder hinunter in den Trog, und so einige Mal – endlich wurde er still. Meine Mägde, die in dem Kindsstübchen unter ihm schliefen, sagten, sie hätten oft, insonderheit aber in selbiger Nacht, ein Brummen gehört, das sie mit nichts als mit dem Ton einer Habergeise zu vergleichen w⟨*u*⟩ßten. Vielleicht war es sein Winseln mit hohler, fürchterlicher, verzweifelnder Stimme.
Freitag den 6., den Tag nach meiner Zurückkunft, hatte ich beschlossen nach Rothau, zu Hrn. Pfr. Schweighäuser zu reiten. Meine Frau ging mit. Sie war schon fort, und ich im Begriff auch abzureisen. Aber welch ein Augenblick! Man klopft an meiner Türe, und Hr. L. tritt herein mit vorwärts gebogenem Leibe, niederwärts hängendem Haupt, das Gesicht über und über und das Kleid hier und da mit Asche verschmiert, mit der rechten Hand an dem linken Arm haltend. Er bat mich ihm den Arm zu ziehen, er hätte ihn verrenket, er hätte sich zum Fenster heruntergestürzt; weil es aber niemand gesehn, möcht' ich's auch niemand sagen.
Ich tat was er wollte und schrieb eilends an Sebastian Scheidecker, Schullehrer von Bellefosse, er solle herunter-

* Daß diese Friedericke die Pfarrerstochter aus Sesenheim war, geht aus de⟨*n*⟩ Briefe⟨*n*⟩ von Lenz an Salzmann hervor.

kommen, Hrn. L. hüten. Ich eilte fort. Sebastian kam und richtete seine Kommission unvergleichlich aus, stellte sich als ob er mit uns hätte reden wollen, sagte ihm ⟨...⟩, wenn er wüßte daß er ihm nicht überlästig oder von etwas abhielte, wünschte er sehr einige Stunden in seiner Gesellschaft zu sein. Hr. L. nahm es mit besonderem Vergnügen an, und schlug einen Spaziergang nach Fouday vor, – gut. Er besuchte das Grab des Kindes das er hatte erwecken wollen, kniete zu verschiedenen Malen nieder, küßte die Erde des Grabes, schien betend, doch mit großer Verwirrung, riß etwas von der auf dem Grab stehenden Krone ab, als ein Andenken, ging wieder zurück gen Waldersbach, kehrte wieder um, und Sebastian immer mit. Endlich mochte Hr. L. die Absicht seines Begleiters erraten; er suchte Mittel ihn zu entfernen. Sebastian schien ihm nachzugeben, fand aber heimlich Mittel seinen Bruder Martin von der Gefahr zu benachrichtigen, und nun hatte Hr. L. zween Aufseher statt einen. Er zog sie wacker herum, endlich ging er nach Waldersbach zurück; und da sie nahe am Dorf waren, kehrte er wie ein Blitz um, und sprang, ungeachtet seiner Wunde am Fuß, wie ein Hirsch gen Fouday zurück. Sebastian kam zu uns um uns das Vorgegangene zu berichten, und sein Bruder setzte dem Kranken nach. Indem er ihn zu Fouday suchte, kamen zwei Krämer und erzählten ihm man hätte in einem Hause einen Fremden gebunden, der sich für einen Mörder ausgäbe, und der Justiz ausgeliefert sein wollte, der aber gewiß kein Mörder sein könnte. Martin lief in das Haus und fand es so; ein junger Mensch hatte ihn, auf sein ungestümes Anhalten, in der Angst gebunden. Martin band ihn los und brachte ihn glücklich nach Waldersbach. Er sah verwirrt aus; da er aber sah daß ich ihn wie immer freundschaftlich und liebreich empfing und behandelte, bekam er wieder Mut, sein Gesicht veränderte sich vorteilhaftig, er dankte seinen beiden Begleitern freundlich und zärtlich, und wir brachten den Abend vergnügt zu.

Ich bat ihn inständig nicht mehr zu baden, die Nacht ruhig

im Bette zu bleiben, und wann er nicht schlafen könnte, sich mit Gott zu unterhalten, u. s. w. Er versprach's, und wirklich tat er's die folgende Nacht; unsre Mägde hörten ihn fast die ganze Nacht hindurch beten.

Den folgenden Morgen, Samstag den 7., kam er mit vergnügter Miene auf mein Zimmer. Ich hoffte wir würden bald am Ende unsrer gegenseitigen Qual sein; aber leider der Erfolg zeigte was anders.

Nachdem wir verschiedenes gesprochen hatten, sagte er mir mit ausnehmender Freundlichkeit: »Liebster Herr Pfarrer, das Frauenzimmer von dem ich Ihnen sagte, ist gestorben, ja gestorben – o, der Engel!« – Woher wissen Sie das? – »Hieroglyphen – Hieroglyphen!« – und dann gen Himmel geschaut und wieder: »Ja – gestorben – Hieroglyphen!« – Er schrieb einige Briefe, gab mir sie sodann zu ⟨*lesen*⟩, mit Bitte, ich möchte noch selbst einige Zeilen daruntersetzen.

Ich hatte mit einer Predigt zu tun und steckte die Briefe indessen in meine Tasche. In dem einen an eine adelige Dame in W., schien er sich mit Abadonna zu vergleichen; er redete von Abschied. – Der Brief war mir unverständlich, auch hatte ich nur einen Augenblick Zeit ihn zu übersehen, eh ich ihn von mir gab. In dem andern an die Mutter seiner Geliebten, sagt⟨*e*⟩ er, er könne ihr diesmal nicht mehr sagen, als daß ihre Friederike nun ein Engel sei und sie würde Satisfaktion bekommen.

Der Tag ging vergnügt und gut hin. Gegen Abend wurde ich nach Bellefosse zu einem Patienten geholt. Da ich zurückkam, kam mir Hr. L . . . entgegen. Es war gelind Wetter und Mondschein. Ich bat ihn nicht weit zu gehn und seines Fußes zu schonen. Er versprach's.

Ich war nun auf meinem Zimmer und wollte ihm jemand nachschicken, als ich ihn die Stieg herauf in sein Zimmer gehn hörte. Einen Augenblick nachher platzte etwas im Hof mit so starkem Schall, daß es mir unmöglich von dem Fall eines Menschen herkommen zu können schien. Die Kinds-

magd kam todblaß und am ganzen Leib zitternd zu meiner Frau: Hr. L. hätte sich zum Fenster hinausgestürzt. Meine Frau rief mir mit verwirrter Stimme – ich sprang heraus, und da war Hr. L. schon wieder in seinem Zimmer.
Ich hatte nur einen Augenblick Gelegenheit einer Magd zu sagen: »Vite, chez l'homme juré, qu'il me donne deux hommes«, und hierauf zu Hrn. Lenz.
Ich führte ihn mit freundlichen Worten auf mein Zimmer; er zitterte vor Frost am ganzen Leibe. Am Oberleib hatte er nichts an als das Hemd welches zerrissen und samt der Unterkleidung über und über kotig war. Wir wärmten ihm ein Hemd und Schlafrock und trockneten die seinigen. Wir fanden, daß er in der kurzen Zeit die er ausgegangen war, wieder mußte versucht haben sich zu ertränken, aber Gott hatte auch da wieder gesorgt. Seine ganze Kleidung war durch und durch naß.
Nun, dachte ich, hast du mich genug betrogen, nun mußt du betrogen, nun ist's aus, nun mußt du bewacht sein. Ich wartete mit großer Ungeduld auf die zwei begehrten Mann. Ich schrieb indessen an meiner Predigt fort und hatte Hrn. L... am Ofen, einen Schritt weit von mir sitzen. Keinen Augenblick traute ich von ihm, ich mußte harren. Meine Frau, die um mich besorgt war, blieb auch. Ich hätte so gerne wieder nach den begehrten Männern geschickt, konnte aber durchaus nicht mit meiner Frau oder sonst jemand davon reden; laut, hätte er's verstanden; heimlich, das wollten wir nicht, weil die geringste Gelegenheit zu Argwohn auf solche Personen allzu heftig Eindruck macht. Um halb neun gingen wir zum Essen; es wurde, wie natürlich, wenig geredet; meine Frau zitterte vor Schrecken und Hr⟨...⟩. L... vor Frost und Verwirrung.
Nach kaum viertelstündigem Beisammensitzen fragte er mich ob er nicht hinauf in mein Zimmer dürfte? – Was wollen Sie machen, mein Lieber? – etwas lesen – gehn Sie in Gottes Namen; – er ging, und ich, mich stellend als ob ich genug gegessen, folgte ihm.

Wir saßen; ich schrieb, er durchblätterte meine französische Bibel mit furchtbarer Schnelle, und ward endlich stille. Ich ging einen Augenblick in die Stubkammer ohne im allergeringsten mich aufzuhalten, nur etwas zu nehmen das in dem Pult lag. Meine Frau stand inwendig ⟨...⟩ der Kammer an der Tür und beobachtete Hrn. L.; ich faßte den Schritt wieder herauszugehen, da schrie meine Frau mit gräßlicher, hohler, gebrochener Stimme: »Herr Jesus, er will sich erstechen!« In meinem Leben hab' ich keinen solchen Ausdruck eines tödlichen, verzweifelten Schreckens gesehn als in dem Augenblick, in den verwilderten, gräßlich verzogenen Gesichtszügen meiner Frau.

Ich war haußen. – Was wollen Sie doch immer machen, mein Lieber? – Er legte die Schere hin. – Er hatte mit scheußlich starren Blicken umhergeschaut, und da er niemand in der Verwirrung erblickte, die Schere still an sich gezogen, mit fest zusammengezogener Faust sie gegen das Herz gesetzt, alles dies so schnell daß nur Gott den Stoß so lange aufhalten konnte, bis das Geschrei meiner Frau ihn erschreckte und etwas zu sich selber brachte. Nach einigen Augenblicken nahm ich die Schere, gleichsam als in Gedanken und wie ohne Absicht auf ihn, hinweg; dann, da er mich feierlich versichern wollte daß er sich nicht damit umzubringen gedacht hätte, wollte ich nicht tun als wenn ich ihm gar nicht glaubte.

Weil alle vorigen Vorstellungen wider seine Entleibungssucht nichts bei ihm gefruchtet hatten, versuchte ich's auf eine andre Art. Ich sagte ihm: Sie waren bei uns durchaus ganz fremd, wir kannten Sie ganz und gar nicht; Ihren Namen haben wir ein einzigmal aussprechen hören, ehe wir Sie gekannt; wir nahmen Sie mit Liebe auf, meine Frau pflegte Ihren kranken Fuß mit so großer Geduld und Sie erzeigen uns so viel Böses, stürzen uns aus einem Schrecken in den andern. – Er war gerührt, sprang auf, wollte meine Frau um Verzeihung bitten; sie aber fürchtete sich nun noch so viel vor ihm, sprang zur Türe hinaus; er wollte nach, sie aber hielt die Türe zu. – Nun jammerte er, er hätte meine Frau umgebracht, das Kind umgebracht so sie trage; alles, alles bring' er um, wo er hinkäme. – Nein, mein Freund, meine Frau lebt noch und Gott kann die schädlichen Folgen des Schreckens wohl hemmen, auch würde ihr Kind nicht davon sterben noch Schaden leiden. – Er wurde wieder ruhiger. Es schlug bald zehn Uhr. Indessen hatte meine Frau in die Nachbarschaft um schleunige Hilfe geschickt. Man war in den Betten; doch kam der Schulmeister, tat als ob er mich etwas zu fragen hätte, erzählte mir etwas aus dem Kalender, und Hr. L., der indessen wieder munter wurde, nahm auch teil am Diskurs, wie wenn durchaus nichts vorgefallen wäre.

Endlich winkte man mir, daß die zwei begehrten Männer angekommen – o wie war ich so froh! Es war Zeit, eben begehrte Hr. L. zu Bette zu gehn. Ich sagte ihm: »Lieber Freund, wir lieben Sie, Sie sind davon überzeugt, und Sie lieben uns, das wissen wir ebenso gewiß. Durch Ihre Entleibung würden Sie Ihren Zustand verschlimmern, nicht verbessern; es muß uns also an Ihrer Erhaltung gelegen sein. Nun aber sind Sie, wenn Sie die Melancholie überfällt, Ihrer nicht Meister; ich habe daher zwei Männer gebeten in Ihrem Zimmer zu schlafen (wachen dachte ich), damit Sie Gesellschaft, und wo es nötig, Hilfe hätten. Er ließ sich's gefallen.

Man wundere sich nicht, daß ich so sagte, und mit ihm umging; er zeigte immer großen Verstand und ein ausnehmend teilnehmendes Herz; wenn die Anfälle der Schwermut vorüber waren, schien alles so sicher und er selbst war so liebenswürdig, daß man sich fast ein Gewissen daraus machte ihn zu argwohnen oder zu genieren. Man setze noch das zärtlichste Mitleiden hinzu, das seine unermeßliche Qual, deren Zeuge wir nun so oft gewesen, uns einflößen mußte. Denn fürchterlich und höllisch war es was er ausstund, und es durchbohrte und zerschnitt mir das Herz, wenn ich an seiner Seite die Folge⟨*n*⟩ der Prinzipien die so manche heutige Modebücher einflößen, die Folgen seines Ungehorsams gegen seinen Vater, seiner herumschweifenden Lebensart, seiner unzweckmäßigen Beschäftigungen, seines häufigen Umgangs mit Frauenzimmern, durchempfinden mußte. Es war mir schrecklich und ich empfand eigene, nie empfundene Marter, wenn er, auf den Knieen liegend, seine Hand in meiner, seinen Kopf auf meinem Kniee gestützt, sein blasses, mit kaltem Schweiß bedecktes Gesicht in meinem Schlafrock verhüllt, am ganzen Leibe bebend und zitternd, wenn er so, nicht beichtete, aber die Ausflüsse seines gemarterten Gewissens und unbefriedigten Sehnsucht nicht zurückhalten konnte. – Er war mir um so bedauerungswürdiger, je schwerer ihm zu seiner Beruhigung beizukommen war, da unsere gegenseitigen Prinzipien einander gewaltig zuwider, wenigstens voneinander verschieden schienen.

Nun wieder zur Sache: Ich sagte, er ließ sich's gefallen zwei Männer auf seinem Zimmer zu haben. Ich begleitete ihn hinein. Der eine seiner Wächter durchschaute ihn mit starren, erschrockenen Augen. Um diesen etwas zu beruhigen sagte ich dem Hr⟨*n*⟩. L. nun vor den zwei Wächtern auf französisch was ich ihm vorhin schon auf meinem Zimmer gesagt hatte, nämlich daß ich ihn liebte, so wie er mich; daß ich seine Erhaltung wünschte und wünschen müßte, da⟨*ß*⟩ er selbst sähe daß ihm die Anfälle seiner Melancholie fast keine Macht mehr über ihn ließen; ich hätte daher diese zwei Bürger gebeten bei ihm zu schlafen, damit er Gesellschaft, und, im Fall der Not, Hilfe hätte. Ich beschloß dies mit einigen Küssen die ich dem unglücklichen Jüngling von ganzem Herzen auf den Mund drückte, und ging mit zerschlagenen, zitternden Gliedern zur Ruhe.

Da er im Bett war sagte er unter andern zu seinen Wächtern: »Ecoutez, nous ne voulons point faire de bruit, si vous avez un couteau, donnez-le-moi tranquillement et sans rien craindre.« Nachdem er oft deswegen in sie gesetzt und nichts zu erhalten war, so fing er an sich den Kopf an die

Wand zu stoßen. Während dem Schlaf hörten wir ein öfteres Poltern das uns bald zu-, bald abzunehmen schien, und wovon wir endlich erwachten. Wir glaubten es wäre auf der Bühne, konnten aber keine Ursache davon erraten. – Es schlug drei, und das Poltern währte fort; wir schellten um ein Licht zu bekommen; unsre Leute waren alle in fürchterlichen Träumen versenkt und hatten Mühe sich zu ermuntern. Endlich erfuhren wir daß das Poltern von Hrn. L. käme und zum Teil von den Wächtern, die, weil sie ihn nicht aus den Händen lassen d⟨*ü*⟩rften, durch Stampfen auf den Boden Hilfe begehrten. Ich eilte in sein Zimmer. Sobald er mich sah, hörte er auf sich den Wächtern aus den Händen ringen zu wollen. Die Wächter ließen dann auch nach ihn festzuhalten. Ich winkte ihnen ihn freizulassen, saß auf sein Bette, redete mit ihm, und auf sein Begehren für ihn zu beten, betete ich mit ihm. Er bewegte sich ein wenig, und einsmals schmiß er seinen Kopf mit großer Gewalt an die Wand, die Wächter sprangen zu und hielten ihn wieder.

Ich ging und ließ einen dritten Wächter rufen. Da Hr. L. den dritten sah, spottete er ihrer, sie würden alle drei nicht stark genug für ihn sein.

Ich befahl insgeheime mein Wäglein einzurichten, zu dekken, noch zwei Pferde zu suchen zu dem meinigen, beschickte Seb. Scheidecker, Schullehrer von Bellefosse und Johann David Bohy, Schullehrer von Solb⟨*ach*⟩, zween verständige, entschlossene Männer und beide von Hrn. L. geliebt. Johann Georg Claude, Kirchenpfleger von Waldersbach, kam auch; es wurde lebendig im Haus, ob es schon noch nicht Tag war. Hr. L. merkte was, und sosehr er bald List, bald Gewalt angewendet hatte loszukommen, den Kopf zu zerschmettern, ein Messer zu bekommen, so ruhig schien er auf einmal.

Nachdem ich alles bestellt hatte, ging ich zu Hrn. L., sagte ihm, damit er bessere Verpflegung nach seinen Umständen haben könnte, h⟨*ä*⟩tte ich einige Männer gebeten ihn nach

Straßburg zu begleiten und mein Wäglein stünde ihm dabei zu Diensten.

Er lag ruhig, hatte nur einen einzigen Wächter bei sich sitzen. Auf meinen Vortrag jammerte er, bat mich nur noch acht Tage mit ihm Geduld zu haben (man mußte weinen wenn man ihn sah). – Doch sprach er, er wolle es überlegen. Eine Viertelstunde darauf ließ er mir sagen: Ja, er wolle verreisen, stund auf, kleidete sich an, war ganz vernünftig, packte zusammen, dankte jedem insbesondere auf das zärtlichste, auch seinen Wächtern, suchte meine Frau und Mägde auf, die sich vor ihm versteckt und stille hielten, weil kurz vorher noch, sobald er nur eine Weiberstimme hörte, oder zu hören glaubte, er in größere Wut geriet. Nun fragte er nach allen, dankte allen, bat alle um Vergebung, kurz nahm von jedem so rührenden Abschied, daß aller Augen in Tränen gebadet stunden.

Und so reiste dieser bedauerungswürdige Jüngling von uns ab, mit drei Begleitern und zwei Fuhrleuten. Auf der Reise wandte er nirgends keine Gewalt an, da er sich übermannt sahe; aber wohl List, besonders zu Ensisheim, wo sie über Nacht blieben. Aber die beiden Schulmeister erwiderten seine listige Höflichkeit mit der ihrigen, und alles ging vortrefflich wohl aus.

Sooft wir reden wird von uns geurteilt, will geschweigen, wenn wir handeln. Hier schon fällt⟨*e*⟩ man verschiedene Urteile von uns; die einen sagten: wir hätten ihn gar nicht aufnehmen sollen, – die andern: wir hätten ihn nicht so lange behalten, – und die dritten: wir hätten ihn noch nicht fortschicken sollen.

So wird es, denke ich, zu Straßburg auch sein. Jeder urteilt nach seinem besondern Temperament (und anders kann er nicht) und nach der Vorstellung, die er sich von der ganzen Sache macht, die aber unmöglich getreu und richtig sein kann, wenigstens m⟨*üss*⟩en unendlich viele Kettengleiche darin fehlen, ohne die man kein richtig Urteil fällen kann, die aber außer uns nur Gott bekannt sein und werden

können; weil es unmöglich wäre sie getreu zu beschreiben, und doch oft in einem Ton, in einem Blick, der nicht beschrieben werden kann, etwas steckt, das mehr bedeutet als vorhergegangene erzählbare Handlungen.
Alles was ich auf die nun 〈...〉 zu erwartenden, einander zuwiderlaufenden, sich selbst bestreitenden Urteile, antworten werde, ist: Alles was wir hierin getan, haben wir vor Gott getan, und so wie wir jedesmal allen Umständen nach glaubten, daß es das Beste wäre.
Ich empf〈*ahl*〉 den bedauerungswürdigen Patienten der Fürbitte meiner Gemeinen und empfehle ihn 〈*in*〉 der nämlichen Absicht jedem der dies liest.

JOHANN WOLFGANG GOETHE

Aus:

Aus meinem Leben. Dichtung und Wahrheit

Drei Auszüge über Jakob Michael Reinhold Lenz und die Straßburger Sturm-und-Drang-Bewegung

Will jemand unmittelbar erfahren, was damals in dieser lebendigen Gesellschaft gedacht, gesprochen und verhandelt worden, der lese den Aufsatz Herders über Shakspeare, in dem Hefte »Von deutscher Art und Kunst«; ferner Lenzens »Anmerkungen übers Theater«, denen eine Übersetzung von »Love's labour's lost« hinzugefügt war. Herder dringt in das Tiefere von Shakspeares Wesen und stellt es herrlich dar; Lenz beträgt sich mehr bilderstürmerisch gegen die Herkömmlichkeit des Theaters, und will denn eben all und überall nach Shakspearescher Weise gehandelt haben. Da ich diesen so talentvollen als seltsamen Menschen hier zu erwähnen veranlaßt werde, so ist wohl der Ort, versuchsweise einiges über ihn zu sagen. Ich lernte ihn erst gegen das Ende meines Straßburger Aufenthalts kennen. Wir sahen uns selten; seine Gesellschaft war nicht die meine, aber wir suchten doch Gelegenheit uns zu treffen, und teilten uns einander gern mit, weil wir, als gleichzeitige Jünglinge, ähnliche Gesinnungen hegten. Klein, aber nett von Gestalt, ein allerliebstes Köpfchen, dessen zierlicher Form niedliche etwas abgestumpfte Züge vollkommen entsprachen; blaue Augen, blonde Haare, kurz ein Persönchen, wie mir unter nordischen Jünglingen von Zeit zu Zeit eins begegnet ist; einen sanften, gleichsam vorsichtigen Schritt, eine angenehme nicht ganz fließende Sprache, und ein Betragen, das zwischen Zurückhaltung und Schüchternheit sich bewegend, einem jungen Manne gar wohl anstand. Kleinere Gedichte, besonders seine eignen, las er sehr gut vor, und schrieb eine fließende Hand. Für seine Sinnesart wüßte ich nur das englische Wort whimsical, welches, wie das Wörterbuch ausweist, gar manche Seltsamkeiten in einem Begriff zusammenfaßt. Niemand war vielleicht eben deswegen fähiger als er, die Ausschweifungen und Auswüchse des Shakspeareschen Genies zu empfinden und nachzubilden. Die obengedachte Übersetzung gibt ein Zeugnis hievon. Er behandelt seinen Autor mit großer Freiheit, ist nichts weniger als knapp und treu, aber er weiß sich die Rüstung oder vielmehr die Possenjacke seines Vorgängers so gut anzupassen, sich seinen Gebärden so humoristisch gleichzustellen, daß er demjenigen, den solche Dinge anmuteten, gewiß Beifall abgewann. [Teil III, Buch 11]

*

Mit jener Bewegung nun, welche sich im Publikum verbreitete, ergab sich eine andere, für den Verfasser vielleicht von größerer Bedeutung, indem sie sich in seiner nächsten Umgebung ereignete. Ältere Freunde, welche jene Dichtungen, die nun so großes Aufsehen machten, schon im Manuskript gekannt hatten, und sie deshalb zum Teil als die ihrigen ansahen, triumphierten über den guten Erfolg, den sie, kühn genug, zum Vorraus geweissagt. Zu ihnen fanden sich neue Teilnehmer, besonders solche, welche selbst eine produktive Kraft in sich spürten, oder zu erregen und zu hegen wünschten.

Unter den erstern tat sich Lenz am lebhaftesten und gar sonderbar hervor. Das Äußerliche dieses merkwürdigen Menschen ist schon umrissen, seines humoristischen Talents mit Liebe gedacht; nun will ich von seinem Charakter mehr in Resultaten als schildernd sprechen, weil es unmöglich wäre, ihn durch die Umschweife seines Lebensganges zu begleiten, und seine Eigenheiten darstellend zu überliefern.

Man kennt jene Selbstquälerei, welche, da man von außen und von andern keine Not hatte, an der Tagesordnung war, und gerade die vorzüglichsten Geister beunruhigte. Was gewöhnliche Menschen, die sich nicht selbst beobachten, nur vorübergehend quält, was sie sich aus dem Sinne zu schlagen suchen, das ward von den besseren scharf bemerkt, beachtet, in Schriften, Briefen und Tagebüchern aufbewahrt. Nun aber gesellten sich die strengsten sittlichen Forderungen an sich und andere zu der größten Fahrlässigkeit im Tun, und ein aus dieser halben Selbstkenntnis entspringender Dünkel verführte zu den seltsamsten Angewohnheiten und Unarten. Zu einem solchen Abarbeiten in der Selbstbeobachtung berechtigte jedoch die aufwachende empirische Psychologie, die nicht gerade alles was uns innerlich beunruhigt, für bös und verwerflich erklären wollte, aber doch auch nicht alles billigen konnte; und so war ein ewiger nie beizulegender Streit erregt. Diesen zu führen und zu unterhalten übertraf nun Lenz alle übrigen Un- oder Halbbeschäftigten, welche ihr Inneres untergruben, und so litt er im allgemeinen von der Zeitgesinnung, welche durch die Schilderung Werthers abgeschlossen sein sollte; aber ein individueller Zuschnitt unterschied ihn von allen übrigen, die man durchaus für offene redliche Seelen anerkennen mußte. Er hatte nämlich einen entschiedenen Hang zur Intrige, und zwar zur Intrige an sich, ohne daß er eigentliche Zwecke, verständige, selbstische, erreichbare Zwecke dabei gehabt hätte; vielmehr pflegte er sich immer etwas Fratzenhaftes vorzusetzen, und eben deswegen diente es ihm zur beständigen Unterhaltung. Auf diese Weise war er zeitlebens ein Schelm in der Einbildung, seine Liebe wie sein Haß waren imaginär, mit seinen Vorstellungen und Gefühlen verfuhr er willkürlich, damit er immerfort etwas zu tun haben möchte. Durch die verkehrtesten Mittel suchte er seinen Neigungen und Abneigungen Realität zu geben, und vernichtete sein Werk immer wieder selbst; und so hat er niemanden den er liebte, jemals genützt, niemanden den er haßte, jemals geschadet, und im ganzen schien er nur zu sündigen, um sich strafen, nur zu intrigieren, um eine neue Fabel auf eine alte pfropfen zu können.

Aus wahrhafter Tiefe, aus unerschöpflicher Produktivität ging sein Talent hervor, in welchem Zartheit, Beweglichkeit und Spitzfindigkeit mit einander wetteiferten, das aber, bei aller seiner Schönheit, durchaus kränkelte, und gerade diese Talente sind am schwersten zu beurteilen. Man konnte in seinen Arbeiten große Züge nicht verkennen; eine liebliche Zärtlichkeit schleicht sich durch zwischen den albernsten und barockesten Fratzen, die man selbst einem so gründlichen und anspruchlosen Humor, einer wahrhaft komischen Gabe kaum verzeihen kann. Seine Tage waren aus lauter Nichts zusammengesetzt, dem er durch seine Rührigkeit eine Bedeutung zu geben wußte, und er konnte um so mehr viele Stunden verschlendern, als die Zeit die er zum Lesen anwendete, ihm, bei einem glücklichen Gedächtnis, immer viel Frucht brachte, und seine originelle Denkweise mit mannigfaltigem Stoff bereicherte.

Man hatte ihn mit livländischen Kavalieren nach Straßburg gesendet, und einen Mentor nicht leicht unglücklicher wählen können. Der ältere Baron ging für einige Zeit ins Vaterland zurück, und hinterließ eine Geliebte, an die er fest geknüpft war. Lenz, um den zweiten Bruder, der auch um dieses Frauenzimmer warb, und andere Liebhaber zurückzudrängen, und das kostbare Herz seinem abwesenden Freunde zu erhalten, beschloß nun selbst sich in die Schöne verliebt zu stellen, oder, wenn man will, zu verlieben. Er setzte diese seine These mit der hartnäckigsten Anhänglichkeit an das Ideal, das er sich von ihr gemacht hatte, durch, ohne gewahr werden zu wollen, daß er so gut als die übrigen ihr nur zum Scherz und zur Unterhaltung diene. Desto besser für ihn! denn bei ihm war es auch nur Spiel, welches desto länger dauern konnte als sie es ihm gleichfalls spielend erwiderte, ihn bald anzog, bald abstieß, bald hervorrief, bald hintansetzte. Man sei überzeugt, daß wenn er zum Bewußtsein kam, wie ihm denn das zuweilen zu geschehen pflegte, er sich zu einem solchen Fund recht behaglich Glück gewünscht habe.

Übrigens lebte er, wie seine Zöglinge, meistens mit Offizieren der Garnison, wobei ihm die wundersamen Anschauungen, die er später in dem Lustspiel »Die Soldaten« aufstellte, mögen geworden sein. Indessen hatte diese frühe Bekanntschaft mit dem Militär die eigene Folge für ihn, daß er sich für einen großen Kenner des Waffenwesens hielt; auch hatte er wirklich dieses Fach nach und nach so im Detail studiert, daß er, einige Jahre später, ein großes Memoire an den französischen Kriegsminister aufsetzte, wovon er sich den besten Erfolg versprach. Die Gebrechen jenes Zustandes waren ziemlich gut gesehn, die Heilmittel dagegen lächerlich und unausführbar. Er aber hielt sich überzeugt, daß er dadurch bei Hofe großen Einfluß gewinnen könne, und wußte es den Freunden schlechten Dank, die ihn, teils durch Gründe, teils durch tätigen Widerstand, abhielten, dieses phantastische Werk, das schon sauber abgeschrieben, mit einem Briefe begleitet, kuvertiert und förmlich adressiert war, zurückzuhalten, und in der Folge zu verbrennen.

Mündlich und nachher schriftlich hatte er mir die sämtlichen Irrgänge seiner Kreuz- und Querbewegungen, in bezug auf jenes Frauenzimmer vertraut. Die Poesie die er in das Gemeinste zu legen wußte, setzte mich oft in Erstaunen, so daß ich ihn dringend bat, den Kern dieses weitschweifigen Abenteuers geistreich zu befruchten, und einen kleinen Roman daraus zu bilden; aber es war nicht seine Sache, ihm konnte nicht wohl werden, als wenn er sich grenzenlos im einzelnen verfloß und sich an einem unendlichen Faden ohne Absicht hinspann. Vielleicht wird es dereinst möglich, nach diesen Prämissen, seinen Lebensgang, bis zu der Zeit da er sich in Wahnsinn verlor, auf irgend eine Weise anschaulich zu machen; gegenwärtig halte ich mich an das nächste, was eigentlich hierher gehört.

Kaum war »Goetz von Berlichingen« erschienen, als mir Lenz einen weitläuftigen Aufsatz zusendete, auf geringes Konzeptpapier geschrieben, dessen er sich gewöhnlich bediente, ohne den mindesten Rand weder oben noch unten, noch an den Seiten zu lassen. Diese Blätter waren betitelt: »Über unsere Ehe«, und sie würden, wären sie noch vorhanden, uns gegenwärtig mehr aufklären als mich damals, da ich über ihn und sein Wesen noch sehr im dunkeln schwebte. Das Hauptabsehen dieser weitläuftigen Schrift war, mein Talent und das seinige neben einander zu stellen; bald schien er sich mir zu subordinieren, bald sich mir gleich zu setzen; das alles aber geschah mit so humoristischen und zierlichen Wendungen, daß ich die Ansicht, die er mir dadurch geben wollte, um so lieber aufnahm, als ich seine Gaben wirklich sehr hoch schätzte und immer nur darauf drang, daß er aus dem formlosen Schweifen sich zusammenziehen, und die Bildungsgabe, die ihm angeboren war, mit kunstgemäßer Fassung benutzen möchte. Ich erwiderte sein Vertrauen freundlichst, und weil er in seinen Blättern auf die innigste Verbindung drang (wie denn auch schon der wunderliche Titel andeutete), so teilte ich ihm von nun an alles mit, sowohl das schon Gearbeitete als was ich vorhatte; er sendete mir dagegen nach und nach seine Manuskripte, den »Hofmeister«, den »Neuen Menoza«, die »Soldaten«, Nachbildungen des Plautus, und jene Übersetzung des englischen Stücks als Zugabe zu den »Anmerkungen über das Theater«.

Bei diesen war es mir einigermaßen auffallend, daß er in einem lakonischen Vorberichte sich dahin äußerte, als sei der Inhalt dieses Aufsatzes, der mit Heftigkeit gegen das regelmäßige Theater gerichtet war, schon vor einigen Jahren, als Vorlesung, einer Gesellschaft von Literaturfreunden bekannt geworden, zu der Zeit also, wo »Goetz« noch nicht geschrieben gewesen. In Lenzens Straßburger Verhältnissen schien ein literarischer Zirkel den ich nicht kennen sollte, etwas problematisch; allein ich ließ es hingehen, und verschaffte ihm zu dieser wie zu seinen übrigen Schriften bald Verleger, ohne auch nur im mindesten zu ahnen, daß er mich zum vorzüglichsten Gegenstande seines imaginären Hasses, und zum Ziel einer abenteuerlichen und grillenhaften Verfolgung ausersehn hatte. [Teil III, Buch 14]

*

Wenn Redner und Schriftsteller, in Betracht der großen Wirkung welche dadurch hervorzubringen ist, sich gern der Kontraste bedienen, und sollten sie auch erst aufgesucht und herbeigeholt werden; so muß es dem Verfasser um so angenehmer sein, daß ein entschiedener Gegensatz sich ihm anbietet, indem er nach Lenzen von Klingern zu sprechen hat. Beide waren gleichzeitig, bestrebten sich in ihrer Jugend mit und neben einander. Lenz jedoch, als ein vorübergehendes Meteor, zog nur augenblicklich über den Horizont der deutschen Literatur hin und verschwand plötzlich, ohne im Leben eine Spur zurückzulassen; Klinger hingegen, als einflußreicher Schriftsteller, als tätiger Geschäftsmann, erhält sich noch bis auf diese Zeit. [Teil III, Buch 14]

PAUL MERLIN

Aus:

Le Pasteur Oberlin. Nouvelle Alsacienne

Des éclairs, se succédant avec rapidité, jetaient une clarté vive et passagère dans la bibliothèque d'Oberlin. Le tonnerre grondait audessus du presbytère, et ses roulemens, prolongés par les échos des montagnes, avaient quelque chose de solennel. Le pasteur, la tête découverte en signe de respect, admirait ce grand spectacle et répondait à cette voix de Dieu par des louanges et des prières. Cependant l'ouragan, qui mêlait ses gémissemens au bruit de la foudre, chassant les gouttes d'une pluie abondante dans l'intérieur de l'appartement, l'obligea à fermer ses croisées. Alors se rapprochant de son bureau, il commença à noter ses travaux du lendemain. »Après la prière, aller visiter à Belmont la veuve âgée et infirme de Claude Bastien; s'entretenir avec l'anabaptiste de Sommershof; revenir à la hutte donner des consolations à ....« Il fut interrompu par l'entrée de Louise Schoepler, sa servante. »Cher papa*, dit-elle, un étranger vient de se présenter dans la salle basse, où je priais à la lueur des éclairs. Il est trempé par la pluie; ses cheveux, ses habits sont en désordre; il demande l'hospitalité pour la nuit. – Chère Louise, reçois-le avec égard, dit le pasteur; donne-lui ceux de mes vêtemens qui peuvent lui servir, et fais sécher les siens. Je descendrai bientôt moi-même pour le saluer.« Louise sortit pour exécuter les ordres de son maître qui acheva la note commencée. Au moment où il se levait après avoir déposé la plume, un violent coup de tonnerre ébranla la maison; Louise, qui rentrait, demeura interdite sur le seuil de la porte. »Mon enfant, dit le ministre, pour-

* C'est le nom que chaque habitant du Ban de la Roche employait en parlant à Oberlin.

quoi cette terreur? Rien ici-bas n'arrive que par l'ordre de Dieu. S'il lui plaisait que la foudre nous frappât, voyons sans trembler la mort, car elle n'est redoutable que pour celui qui la reçoit sans y être préparé.« L'étranger marchait sur les pas de Louise, il tressaillit à ces mots et s'écria: »Qu'elle reste donc encore éloignée de ma tête!« Le ministre, qui l'avait entendu, s'avança à sa rencontre et lui dit: »Le pauvre pasteur est heureux de pouvoir vous offrir un asile par une nuit semblable.« Les paroles par lesquelles l'inconnu le remercia, annonçaient un homme bien élevé, mais le ton dont il les prononça décelait une tristesse profonde. Le ministre lui demanda son nom et son pays. L'étranger répondit: »Je m'appelle Rodolphe de Harr; la Suède est ma patrie.« Alors lui présentant la main, Oberlin serra celle qu'il y plaça en disant: »M. de Harr, vous êtes le bienvenu à Waldbach.« Louise ayant annoncé que le souper était prêt, ils descendirent dans la salle où la table était préparée. Pendant qu'il suit à pas lents le ministre qui marche devant lui, observons l'étranger. La partie de ses vêtemens qu'il a conservée annonce l'aisance et même le luxe. Sa taille est imposante, et la grâce naturelle de ses mouvemens se montre encore sous l'ample capote du vieillard, qui a remplacé son habit mouillé par l'orage. Des cheveux d'un blond cendré, naturellement bouclés, ombragent un front élevé, où quelques rides fugitives paraissent l'effet des chagrins plutôt que celui des années. Son visage pâle est plein de noblesse; ses yeux noirs expriment un triste découragement; mais il est facile de deviner, sous l'abattement qui les appesantit, les feux qu'ils pourraient lancer dans l'occasion. Sa démarche enfin est nonchalante, comme celle de quelqu'un qui marche sans but ici-bas.

Durant le repas, l'étranger était silencieux, ou, s'il parlait, ce n'était que pour répondre avec une froide politesse aux attentions de son hôte. En promenant ses regards autour de lui, il aperçut sur les murs des paroles de la Bible, des versets de psaumes, et l'on put remarquer un sourire ironique qui parcourait ses traits. Le pasteur parla du plaisir d'être utile à ses semblables, et le voyageur, qui l'écoutait avec incrédulité, dit enfin: »Oui, oui, si vous voulez nourrir des serpens qui vous perceront le sein, secourez les hommes. Je les méprise et les hais tous sans faire d'exception en ma faveur. Je me serais peut-être déjà débarrassé de la vie, si la grande question du suicide était clairement résolue pour moi. – Je vous plains, dit le pasteur, d'avoir à votre âge de pareils sentimens; si nous nous connaissions mieux, j'essaierais de les changer; mais sans commencer un entretien qui vous lasserait peut-être, je me contenterai de vous demander ce qui vous amène dans ces rochers, où la tempête vous a surpris? – Le hasard, répondit l'étranger; je marche sans autre but que d'écarter le sombre ennui qui m'accable. Le seul plaisir que je puisse encore goûter, je le trouve dans la contemplation de la nature. Au milieu des merveilles qu'elle présente à ma vue (si je n'y recontre pas les hommes), j'éprouve une émotion qui me ranime un peu, ou je tombe dans une rêverie qui n'est pas sans charmes. – Dieu soit loué! dit le ministre, il y a encore du remède à vos maux. L'ame que touche le spectacle de la nature, n'est pas entièrement dépourvue de sentimens vertueux, et tant qu'elle en possède, le bonheur peut encore la visiter. – Non, dit l'étranger, le bonheur ne peut exister pour moi; j'ai essayé de tous les plaisirs, et sous chacun d'eux j'ai trouvé des larmes cachées . . . chez tous les hommes je n'ai vu qu'hypocrisie et méchanceté. Un seul être sincère m'est apparu, et j'ai fait son malheur. Je le sens, il n'y a d'espoir pour moi que dans une fin prochaine que me promet l'affaiblissement de ma santé, et que je hâte par les fatigues auxquelles je me condamne. – Vous me faites beaucoup de peine, dit le ministre, nonseulement vous souffrez, mais encore vous êtes coupable, voilà le véritable malheur! Mais votre injustice estelle irréparable?« Rodolphe allait répondre, quand le pasteur ajouta: »Pardon, je n'ai aucun droit à votre confiance, je sens qu'elle ne peut être que le résultat d'une connaissance plus ancienne entre nous. Vous m'avez dit que vous parcouriez sans projet nos montagnes; eh bien! si mon hospitalité ne vous semble pas trop frugale, acceptez-la pour quelques jours; peut-être, avant de partir, me jugerez-vous digne d'une confiance que je ne vous demande pas aujourd'hui, et quand je connaîtrai vos sujets d'affliction, peut-être aussi parviendrai-je à vous réconcilier avec votre sort. Allez maintenant goûter le repos dont vous devez avoir besoin; vous ne trouverez pas dans votre appartement l'élégance et le luxe auxquels vous êtes sans doute accoutumé, mais, tel qu'il est, le pauvre Fritz* est heureux de pouvoir vous l'offrir.« M. de Harr remercia son hôte sans vouloir s'engager à rester, mais il l'assura qu'il ne partirait pas sans prendre congé de lui.

Dès qu'il fut entré dans sa chambre, qui était petite, mais de la plus grande propreté, l'étranger ouvrit la croisée. L'orage avait cessé; la lune brillait paisiblement dans un ciel parsemé d'étoiles; il s'assit et porta ses regards sur le vallon qui descendait vers le couchant, et dont il ne distinguait que faiblement les contours et la profondeur. Tout était calme, excepté l'ame de celui qui contemplait ce doux tableau. Peu à peu cependant, cédant à l'influence des objets qui l'environnaient, il tomba dans une profonde rêverie: la tête appuyée sur sa main, le regard dirigé vers l'astre mystérieux, il plongeait dans l'avenir, et ses pensées avaient le vague qui couvre cet inexplicable abîme. Se rappelant enfin la soirée qu'il venait de passer, il songea à cette hospitalité exercée envers lui avec une si bienveillante simplicité, et se retraça l'air tranquille et heureux de son hôte. Tout en enviant sa sérénité, il se dit qu'elle était due sans doute à l'absence de chagrins; qu'ici sa vie devait se passer sans plaisirs à la vérité, mais aussi sans soins et sans fatigues. L'horloge du village ayant sonné onze heures, M. de Harr se leva et ferma sa croisée; puis se rapprochant du lit, blanc comme neige,

* Le pasteur Oberlin se nommait souvent ainsi en parlant de lui-même.

qui était préparé et déjà ouvert pour lui, il se coucha, vaincu par la fatigue de la journée, et, ce qui ne lui était pas arrivé depuis long-tems, il tomba aussitôt dans un sommeil tranquille.

Nachwort

Wieder bestätigt sich der alte, oft zitierte, selten in seiner Tragweite ermessene Satz, daß literarische Werke ihre Schicksale haben. Die Rede ist von Georg Büchners Erzählfragment *Lenz* und dann von seiner Hauptquelle, dem Bericht des Pfarrers Johann Friedrich Oberlin. Beide Texte haben von der Entstehung bis in die Überlieferung ein verwikkeltes und merkwürdiges Schicksal. Es ist eine Geschichte von verschollenen Manuskripten und Abschriften, von divergierenden Fassungen und Verwertungen, von Nachdrucken und Bearbeitungen und von nicht-authentischen Ausgaben. Diese Geschichte wurde von der früheren Wissenschaft nicht sonderlich erhellt, sondern irrtümlich und fahrlässig noch verdunkelt. Erst durch systematische philologische Untersuchungen gelang es, die ganze Geschichte zu entwirren. Deshalb kann sie hier mit einfachen Worten und konzentriert auf das Wichtigste nachgezeichnet werden. Anschließend ist noch die Bedeutung zweier ganz verschiedenartiger Quellen für Büchners *Lenz*-Konzeption zu skizzieren, die Bedeutung von Goethes *Dichtung und Wahrheit* und von Paul Merlins Trivialnovelle *Le Pasteur Oberlin*.

*

Als Georg Büchner am 19. Februar 1837 starb, hatte er sein *Lenz*-Projekt[1] nicht vollendet. Er hinterließ Textteile im Entwurfzustand, Arbeitsmanuskripte. Seine Braut Wilhelmine Jaeglé stellte daraus durch Abschrift einen einigermaßen durchgehenden, wenn auch bruchstückhaften Text zusammen, den sie Karl Gutzkow zum Abdruck schickte. Dieser veröffentlichte den Textzusammenhang im Januar

1 Zum Folgenden vgl. Hubert Gersch, *Georg Büchners »Lenz«. Textkritik. Editionskritik. Kritische Edition*, Diskussionsvorlage für das »Internationale Georg Büchner Symposium« (Darmstadt 25. – 28. 6. 1981), 2 Tle., Münster 1981.

1839 in seiner Zeitschrift *Telegraph für Deutschland*, in acht Fortsetzungspartien und unter dem hinzugefügten Titel *Lenz. Eine Reliquie von Georg Büchner.*[2]
Die Arbeitsmanuskripte Büchners und die Abschrift seiner Braut sind spurlos verschollen. Allein der Erstdruck durch Gutzkow überliefert den Text. Und von diesem Erstdruck läßt sich bei eingehender textkritischer Untersuchung feststellen, daß er (abgesehen von punktuellen Verderbnissen infolge von Lese- und Abschreibirrtümern) einen Wortlaut von sehr hoher Authentizität bietet. Das heißt: Der Erstdruck überliefert den *Lenz*-Entwurf im wesentlichen so, wie ihn Büchner hinterlassen hat – unvollendet, teils in einem frühzeitigen, teils in einem fortgeschrittenen Entwurfstadium, teils skizzenhaft, teils ausformuliert, voller formaler und sprachlicher Unregelmäßigkeiten, mit Arbeitslükken unterschiedlicher Art, mit inhaltlichen, stilistischen und darstellerischen Unfertigkeiten. Die Abschreiberin Jaeglé und der Herausgeber Gutzkow haben sich zurückgehalten und an dem Wortlaut des unfertigen Nachlaßwerks fast nichts verändert; ein Glücksfall im vorphilologischen Zeitalter.
Anders Ludwig Büchner, ein jüngerer Bruder des Dichters: Als er 1850 die erste Gesamtausgabe *Nachgelassene Schriften von Georg Büchner* herausgab, unternahm er es, allenthalben zu ›verbessern‹. Familieninteressen, eine gewisse Verständnislosigkeit für dichterische Eigenheiten und Rücksichtnahme auf die Üblichkeiten des literarischen Marktes verbanden sich ihm zu der Absicht, den aus dem Rahmen fallenden Bruder als integrierbares Glied der Literaturgesellschaft zu präsentieren. Er hatte nur den Gutzkowschen Erstdruck und nicht etwa ein Manuskript des *Lenz* zur Verfügung, und er bearbeitete diesen Text nach eigenem Gutdünken, indem er kurzschlüssig das Unfertige

2 *Telegraph für Deutschland* (1839) S. 35–40, 52–56, 59–62, 69–72, 77 f., 84–87, 100–104, 108–110.

des Entwurfs mit Fehlerhaftigkeit verwechselnd hier glättete, dort ausflickte. Er normierte, retuschierte, veränderte, fügte hinzu, ließ weg – an zahlreichen Textstellen. Er machte Eingriffe, die in alle denkbaren Textschichten von der expressiven Interpunktion bis zum elliptischen Stil, von der Ausdruckssprache bis zum Motivischen reichten und denen sich noch eine Anzahl blanker Mißverständnisse beimischte. Das Ziel Ludwig Büchners war es, einen glatten, möglichst anstandslos rezipierbaren *Lenz*-Text zu etablieren. Und die Folgen?

Wissenschaftler, Lektoren und Editoren haben es nicht gemerkt. In hundertjähriger Geschäftigkeit mit Untersuchungen und Ausgaben hat man nicht erkannt, daß die Beigaben Ludwig Büchners nicht authentisch sind. Die Neuausgaben des *Lenz*, auch die kritisch oder gar historisch-kritisch genannten Büchner-Ausgaben, haben entweder unkritisch Ludwig Büchners Textbearbeitung nachgedruckt oder einen Mischtext aus dem Erstdruck Gutzkows und den Glättungen und Ausflickungen Ludwig Büchners hergestellt, den manche dann noch zum Zwecke der ›restituierenden Besserung‹ mit eigenen Zusätzen, Umstellungen und Auslassungen überformten. Das bedeutet: Alle Ausgaben des *Lenz* boten einen in vielfältiger Hinsicht nichtauthentischen Text, einen Text, der so nicht von Georg Büchner stammt.

Die Deformationen reichten vom ersten bis zum letzten Satz. In den früheren Ausgaben mußte man statt Georg Büchners informationskargem Erzählbeginn: »Den 20. ging Lenz durchs Gebirg«, eingehendere Datierungen lesen, je nach Gutdünken der Editoren: »Den 20. Jänner« oder: »Den 20. Hartung« oder: »Den 20. Januar«. Und den authentischen Erzählschluß, der über den seelisch abgestorbenen Lenz definitiv hoffnungslos aussagt: »So lebte er hin.«, durfte man nur abgemildert durch vielsagende Pünktchen lesen, die von Ludwig Büchner stammten: »So lebte er hin ....« Kein Wunder, daß sogar ein Leser wie Hugo von Hofmannsthal sich in Hoffnungen über das weitere Schicksal von Lenz wiegen und meinen konnte: »seine Seele, fühlen wir, streift nur die Verzweiflung, verfällt ihr nicht«.[3]

Der überlieferungskritische Befund, daß der *Lenz*-Entwurf nur in entstellter Form zu lesen war, wurde 1981 beim *Internationalen Georg Büchner Symposium* bekannt gemacht. Dabei konnte auch eine kritische *Lenz*-Edition vorgelegt werden,[4] die einen Neubeginn der historisch-kritischen Büchner-Forschung einleitete.

Diese Edition zielt auf einen im Rahmen des gegenwärtigen Forschungsstandes verläßlichen Text möglichst ohne fremde Zutaten. Sie greift entschieden auf den allein verbindlichen Erstdruck zurück. Aus dieser Textgrundlage mustert sie dann noch mit den Mitteln der Textkritik Verderbnisse aus. (Beispielsweise: Sechs der sieben Fortsetzungseinschnitte des Erstdrucks werden als mechanisch-willkürliche Textstückelungen identifiziert und aus der von Georg Büchner angelegten Werkgliederung der Erzählabsätze und -schübe entfernt.) Die kritische Edition präsentiert einen Text, bei dem der Entwurfcharakter des Werkes (d. h. die innere Widersprüchlichkeit, die Lückenhaftigkeit, die Skizzenhaftigkeit, die stilistische und darstellerische Unfertigkeit) nicht kaschiert ist, sondern als historischer Befund eines abgebrochenen ›work in progress‹ für den Leser einsehbar bleibt. Man kann sehen: Büchners *Lenz*-Projekt ist weitaus konzeptartiger, elliptischer und bruchstückhafter, als man bislang dachte. Und wenn durch die textkritische Rückbesinnung vieles an Ausdruckssprache zurückgewonnen ist, was durch Fremdbearbeitung verformt war, so kann anderes, in dem bislang ahistorisch ein Vorklang von Impressionismus, Naturalismus und Expressionismus empfunden wurde, sich

3 *Deutsche Erzähler*, Bd. 1, ausgew. und eingel. von Hugo von Hofmannsthal, 5. Aufl., Frankfurt a. M. 1980, S. 10.

4 Gersch (Anm. 1) T. 2, S. 1–28.

eher schlicht als Charakteristisches eines unfertigen Textes enthüllen.

Neuere textkritische Forschung zum *Lenz*[5] bestätigt den 1981 vorgelegten Befund eines abgebrochenen ›work in progress‹ und differenziert die Erkenntnisse über die Textteile im Entwurfzustand. Danach sind in dem Textzusammenhang, den die Abschreiberin Jaeglé und der Herausgeber Gutzkow überliefert haben, drei ganz verschiedenartige, von Büchner auf je anderer Arbeitsstufe verfaßte Komplexe des *Lenz*-Projekts ineinander gefügt:

Der Text[6] 23,5–27,7 und 29,33–30,23 ist aus einem ersten, vermutlich im Frühsommer 1835 niedergeschriebenen Entwurfmanuskript genommen. Mit ihm hatte sich Büchner zunächst nur in die Ereignisfolge, die der Ich-Bericht Oberlins festhält, eingearbeitet (bis zu der Stelle 30,23 bzw. 44,1), indem er eine inhaltlich und sprachlich in sehr hohem Maße quellenabhängige Paraphrase als außenperspektivische Erzählung in der Er-Form anfertigte und lediglich vier eigene Episoden (24,29–25,17; 26,4–26,9; 29,33–30,4 und 30,9–30,17) ersann. Dagegen gibt der in den ersten Entwurf eingefügte Text 27,8–29,32 ein experimentierendes Konzept aus späterer Zeit wieder. Dieses Konzept hatte Büchner zur Neuorientierung gedient, zum Versuch einer vom Oberlin-Bericht weitestgehend unabhängigen fiktiven Darstellung von Lenzens Leidenszustand, die eine psychologisierende Innenansicht erprobte. Schließlich, der alles einrahmende Text 5,1–23,4 und 30,24–31,12 besteht aus Büchners zuletzt geschriebenem, im Spätherbst 1835 dann aus äußeren Gründen abgebrochenem Ausarbeitungsversuch des Erzähl-Projekts. Er ist großenteils ausformuliert, partiell jedoch auch skizzen- und lückenhaft; er folgt nur noch in

5 Zum Folgenden vgl. Burghard Dedner, »Büchners *Lenz*: Rekonstruktion der Textgenese«, in: *Georg Büchner Jahrbuch* 8 (1990–94) S. 3–68. – Vgl. auch die Debatte in: *Georg Büchner Jahrbuch* 9 (1995–99) S. 350–381.

6 Die Stellenangaben (Seite, Zeile) beziehen sich auf die vorliegende Studienausgabe.

großen Zügen dem Oberlin-Bericht, gründet sich aber auf zusätzliche Quellen und Recherchen; er verarbeitet etliche Motive des vorausgegangenen Orientierungskonzepts. Und bei diesem Ausarbeitungsversuch war dem Autor die thematische und darstellerische Innovation gelungen, Lenzens Krankheitsentwicklung psychologisch rekonstruierend und figurenperspektivisch miterlebend zu erzählen.
Auf der kritischen Edition von 1981 basiert die vorliegende Studienausgabe. Deren Textdarbietung kann mit zwei Arten von editorischen Zeichen auskommen:
Das Zeichen ⟨*x–x*⟩ macht auf Stellen aufmerksam, an denen Lücken im überlieferten Text festzustellen sind. Im Einzelfall steht es für folgende Gegebenheiten im Gutzkowschen Erstdruck:

Vorliegende Ausgabe		*Erstdruck*
7,9	⟨*x–x*⟩	*vier Auslassungspunkte*
21,2	⟨*x–x*⟩	*drei Auslassungspunkte*
27,7	⟨*x–x*⟩	*eine arbeitstechnische Notiz Georg Büchners:* Siehe die Briefe. *Sie bedeutet einen Vermerk für eine geplante Einarbeitung von Lenz-Briefen und damit eine Lücke in der Konzeption.*
30,23	⟨*x–x*⟩	*großer Zeilendurchschuß mit Querstrich*

Das Zeichen ⟨ ⟩ um kursiv gedruckte Buchstaben oder Wörter signalisiert textkritische Korrekturen des überlieferten, aufgrund von Schreibnachlässigkeiten und Leseirrtümern verderbten Wortlauts. (Unzweifelhafte Druckfehler sind stillschweigend beseitigt.) Es handelt sich um folgende Korrekturen von Textverderbnissen des Erstdrucks:

Vorliegende Ausgabe		*Erstdruck*
8,30	Gesp⟨*i*⟩nst	Gespenst
10,27	anredete⟨*n*⟩	anredete
16,33	ru⟨*h*⟩en	rufen
19,12	funkelte⟨*n*⟩	funkelte
23,3	die Sünde ⟨*in den*⟩ Heilige⟨*n*⟩ Geist	die Sünde und der heilige Geist
30,8	zu ⟨*weit*⟩	zurück

Der Text der vorliegenden Ausgabe wurde unter Wahrung des Lautstandes orthographisch modernisiert. Doch wurde die überlieferte Interpunktion, die die Logik der Satzverhältnisse beharrlich beunruhigt und zur Ausdruckssprache des Textes zählt, beibehalten.

*

Die Geschichte um Büchners *Lenz* ist verquickt mit einer anderen Geschichte. Die will als Vor- und Parallelgeschichte noch nachgetragen sein. Es ist die Text- und Überlieferungsgeschichte des sogenannten Oberlin-Berichts *Herr L......,*[7] der Hauptquelle für das Erzähl-Projekt Büchners. Und wieder enthüllt sich ein verwickeltes und befremdliches Literatur-Schicksal.

Bald nach dem 8. Februar 1778 verfaßte Johann Friedrich Oberlin einen Bericht über den zwanzigtägigen Aufenthalt, den der Dichter Jakob Michael Reinhold Lenz soeben bei ihm in Waldersbach im elsässischen Steintal verbracht hatte. Der Aufenthalt war problematisch verlaufen; Oberlin schrieb einen Rechtfertigungsbericht (vgl. 49,24 ff.). Der

7 Zum Folgenden vgl. Hubert Gersch, in Zsarb. mit Mitgliedern Münsterscher Forschungsseminare, *Der Text, der (produktive) Unverstand des Abschreibers und die Literaturgeschichte.* J. F. Oberlins Bericht *Herr L......* und die Textüberlieferung bis zu G. Büchners *Lenz*-Entwurf [Kritische Ausgabe der Handschrift. Dokumentation der Textüberlieferung. Kritik der Textüberlieferung. Kritik der Quellentextgeschichte zu Büchners *Lenz*-Entwurf. Analyse- und Interpretationsbeispiel], Tübingen 1998 (Büchner-Studien, Bd. 7).

philanthropische Pfarrer legte dar, wie er ganz ahnungslos zum Besuch des Sturm-und-Drang-Poeten gekommen war, warum er den psychisch Kranken so lange beherbergt hat und warum er ihn schließlich doch wieder hatte fortschaffen müssen. Der Bericht war nicht für die Öffentlichkeit bestimmt. Er hatte privaten Charakter, berührte Intimes und Peinliches, benutzte diskrete Abkürzungen, verharrte in Andeutungen für eingeweihte Leser. Er war bestimmt für einen eingrenzbaren Kreis von Verwandten, Freunden und Förderern Oberlins in Straßburg, in dem er in der Art eines Zirkularschreibens bekannt gemacht wurde. Dieses Schreiben ist verschwunden. Doch ein authentisches Doppel des Berichts, ein nach Oberlins Diktat verfertigtes und von ihm eigenhändig in ein paar Sachpunkten korrigiertes Schreibermanuskript, verwahrte der Pfarrer selbst zeit seines Lebens.

Diese Handschrift entdeckte nach Oberlins Tod im Jahr 1826 sein Nachlaßverwalter Daniel Ehrenfried Stöber.[8] Angesichts der in der Öffentlichkeit unbekannt gebliebenen, aber literaturgeschichtlich wichtigen Mitteilungen ließ er das Manuskript, bevor er es den Erben aushändigte, abschreiben. Eine zweite Abschrift stellte er 1828 Ludwig Tieck, als dem Herausgeber der Schriften des J. M. R. Lenz, zur Verfügung, der die Abschrift aber nicht verwertete. Aufgrund der ersten Abschrift referierte 1831 August Stöber, ein Sohn des Manuskriptentdeckers, Oberlins Bericht in einem Zeitschriftenaufsatz.[9]

Jetzt kommt die Geschichte auf Georg Büchner. Denn der erhielt von seinem Freund August Stöber die erste Abschrift des Berichts. Sie diente ihm seit dem Frühjahr 1835 als Konzeptionsvorlage für seine *Lenz*-Erzählung ...

Doch dann nach dem Tode Büchners betrieb August Stöber

8 Vgl. Daniel Ehrenfried Stöber, *Vie de J. F. Oberlin, Pasteur à Waldbach*, Paris/Straßburg/London 1831, S. 215 f.

9 August Stöber, »Der Dichter Lenz. Mittheilungen«, in: *Morgenblatt für gebildete Stände* (1831) S. 997 f., 1001–03.

mit Hilfe einer dritten Abschrift die Auswertung des Oberlin-Berichts, der ja nun literarhistorisch noch bedeutender geworden war, auf eigene Faust weiter: Mit einer Anmerkung (41,34 f.) auf den Goethe-Mythos um Friederike Brion abhebend, in der anderen (35,24 ff.) auf den Quellenwert für den Büchnerschen *Lenz* hinweisend und überhaupt in zeitlicher Kongruenz und publizistischer Konkurrenz mit dessen Erstveröffentlichung durch Karl Gutzkow druckte August Stöber im Januar 1839 in seiner Straßburger Zeitschrift *Erwinia* Oberlins Bericht ab – in drei Fortsetzungsstücken und unter dem selbstformulierten Titel: *Der Dichter Lenz, im Steintale.*[10] Er lieferte hier eine Textfassung des Berichts, die sich aus Abschreibdefekten, Bearbeitungsversuchen, Stilretuschen, Mißverständnissen und zensierenden Auslassungen zusammensetzt. Schließlich publizierte er 1842 den Bericht noch einmal, indem er seine Druckfassung aus dem Jahr 1839 jetzt redaktionell, d. h. sprachlich und in der Darbietungsform, bearbeitete und sie ohne Titel einem literarhistorischen Buch einverleibte mit dem irreführenden Zusatz: »Aus Oberlin's Papieren gezogen und ohne Veränderungen abgedruckt.«[11] So weit die Überlieferungsgeschichte. Sie weist noch die zusätzliche Komplikation auf, daß die eigentlichen Überlieferungsträger, die drei Stöberschen Abschriften der Handschrift aus Oberlins Nachlaß, verschollen sind. Doch mit textkritischer Methodik kann die ganze Geschichte entwirrt und aufgelöst werden. Was ist auf diesem Feld geleistet worden?

Eine von der Philologie abgewandte Wissenschaft hat sich damit begnügt, immer bloß die späteste, textgeschichtlich nahezu irrelevante Bearbeitung August Stöbers von 1842 zu Rate zu ziehen und nachzudrucken – als vermeintlich zuverlässiges

10 *Erwinia. Ein Blatt zur Unterhaltung und Belehrung* (1839) S. 6–8, 14–16, 20–22.

11 August Stöber, *Der Dichter Lenz und Friedericke von Sesenheim. Aus Briefen und gleichzeitigen Quellen; nebst Gedichten und Anderm von Lenz und Göthe*, Basel 1842, S. 11–31.

Dokument für biographische, pathographische und literarhistorische Folgerungen zu J. M. R. Lenz und als angeblich relevanten Vergleichstext für quellenkundliche und editorische Schlüsse zu Büchners *Lenz*. Zwar hat es noch Versuche gegeben, Oberlins authentischen Text, den Daniel Ehrenfried Stöber seinerzeit entdeckt hatte, wiederzufinden. Doch verliefen diese Versuche ergebnislos, weil sie unverständlicherweise von der falschen Prämisse ausgingen, Oberlins Rechtfertigungsbericht sei ein ›Journal intime‹, ein ›Tagebuch‹, und also nur zum ergebnislosen Blättern in abwegigen, weil tagebuchähnlichen Archivkonvoluten geführt haben.

Erst ein Münstersches Forschungsseminar, das konsequent nach einer eigenständigen Handschrift fahndete, konnte diese im Nachlaß Oberlins auffinden und edieren: Johann Friedrich Oberlins *Herr L......*[12] Damit ist das historisch entscheidende, weil authentische Dokument für jene Lebensphase des J. M. R. Lenz[13] gesichert, das zudem Vergleichseinblicke in August Stöbers Textkürzungen und -veränderungen ermöglicht, wie sie teilweise in Büchners *Lenz*-Konzeption eingeflossen sind.

Für die Büchner-Forschung, für Quellenkunde und Textkritik, wäre jene verschollene Abschrift des Oberlin-Berichts von grundlegender Bedeutung, die als unmittelbare Vorlage für den *Lenz* diente. Auf ihren Wortlaut allenfalls könnte sich die in den bisherigen Editionen grassierende Manier der ›Emendationen‹ des *Lenz*, seiner ›Auffüllung‹ und angeblich ›restituierenden Besserung‹ aufgrund der ›Stoffquelle‹,[14] stützen – und nicht

12 Vgl. Gersch u. a. (Anm. 7).

13 Weitere historische Zeugnisse enthält das Buch: Burghard Dedner / Hubert Gersch / Ariane Martin (Hrsg.), *»Lenzens Verrückung«. Chronik und Dokumente zu J. M. R. Lenz vom Herbst 1777 bis Frühjahr 1778*, Tübingen 1999 (Büchner-Studien, Bd. 8).

14 Verfahrensweise und Folgeerscheinungen solcher ›restituierenden Besserung‹ konnten an einem grotesken, aber exemplarischen Fall vorgeführt werden – vgl. Hubert Gersch, »Aus Forschung und Leere. Eine Haberpfeife ist eine Verlesung ist eine Habergeise ist eine Schnepfe«, in: *Georg Büchner Jahrbuch* 1 (1981) S. 243–249.

auf irgendeinen anderen, textgeschichtlich isoliert genommenen Überlieferungsträger. Denn Büchners Vorlage enthielt nicht mehr den originalen Wortlaut der Handschrift *Herr L......* aus Oberlins Nachlaß und erreichte noch nicht den Bearbeitungsstand des Stöberschen Drucks von 1839, ganz zu schweigen vom Redaktionszustand im Druck von 1842. Büchners Vorlage enthielt eine textliche Zwischenstufe.

Haben die früheren Editionen immer nur den als Vergleichstext für Büchners *Lenz* unmaßgeblichen Druck des Oberlin-Berichts von 1842 berücksichtigt, so wird in der gegenwärtigen Studienausgabe erstmals die Textversion aus Stöbers Erstdruck *Der Dichter Lenz, im Steintale* von 1839 geboten – zusammen mit der folgenden buchstabengetreuen Auswahl aus Stöbers textlichen Abweichungen vom Wortlaut der Handschrift *Herr L......* (Die vorangestellten Stellenangaben sollen zur textlichen Orientierung in der vorliegenden Ausgabe dienen.)

	Erstdruck	*Handschrift*
(35,4)	Der Dichter Lenz, im Steinthale.	1778.. Herr L......
(35,8 f.)	seine freimüthige Manier aber zeigte	seine feine Manieren aber zeigten
(38,29 f.)	ein zu Fouday so eben verstorbenes Kind, das Friederike hieß	ein zu Foudaj verstorbenes Kind, so eben Friderika hieß
(40,12 f.)	sie liebte mich	sie liebte mich – ja, sie liebte mich
(40,26 f.)	Er wurde jedoch nach und nach ruhiger, und gieng an sein Malen.	Er wurde ruhig u. gieng an sein mahlen.

(41,5)	Beim Nachtessen war er etwas tiefsinnig.	Beym NachtEssen war er, wie immer oft an ihm bemerket, etwas tiefsinnig –
(41,23)	Meine Frau gieng mit. Sie war schon fort	meine Frau um von langer gefangenschaft in Wartung HE. L . . . . . etwas zu schnaufen, gieng mit. Sie war wirklich fort
(42,1)	Hrn. L. hüten. Ich eilte fort.	HE. L . . . . hüten u. sich so verhalten —— ich ritt fort –
(42,6 f.)	Hr. L. nahm es mit besonderem Vergnügen an, und schlug einen Spaziergang nach Fouday vor	HE. L . . . . nahm es mit besonderen Verknügen an, man unterhielt sich zu beyderseitiger Satisfaction, es wurde Mittag, HE. L . . . . bat Sébastien zum Essen, dieser nahms an. HE. L . . . . schlug einen Spatziergang, nach Foudaj vor
(43,12)	o, der Engel	o du Engel
(43,19 ff.)	an eine adelige Dame in W., schien er sich mit Abadonna zu vergleichen; er redete von Abschied. –	an eine Adeliche Dame in W . . . . r schiener sich mit Abbadona zu vergleichen, er redete vom »Abschied« –
(44,17 f.)	Nun, dachte ich, hast du mich genug betrogen, nun mußt du betrogen, nun ist's aus, nun mußt du bewacht seyn.	Nun, dachte ich, hast du mich genug betrogen, nun ists aus, du must bewacht seyn.
(44,18 ff.)	Ich wartete mit großer Ungeduld auf die zwei begehrten Mann. Ich schrieb indessen	Ich wartete mit groster Ungeduldt auf die 2 begehrten Mann bey jedem Geräusch fuhr ich auf, in hofnung sie wärens, aber vergebens – ich schrieb indessen

(46,6 f.)	noch Schaden leiden. – Er wurde wieder ruhiger.	noch Schaden leiden, meine Frau hätte in andern Schwangerschaften auch Schreken nagenden verdruß, Kummer &c ausgestanden, u Gott hätte doch ihren Kindern dabey unvergleichlich wohl erhalten, – er würde es, ich hofte es gewiß, nun wied thun – er möchte sich also nur an Gott dabey wenden &c – er wurde wieder ruhiger –
(49,22 f.)	und alles gieng vortrefflich wohl aus.	u. alles gieng vortreflich wohl aus –. Auf der Rückreise wurde durch ein Ungklück ein Rad meims Wägls in hundert Stüke zerschmettert – u. so endigt sich, hoffentlich für uns, diese schrekenvolle Geschichte.

Die Textdarbietung in der vorliegenden Studienausgabe, die dem Erstdruck bewußt auch in seinen Unregelmäßigkeiten folgt, ist mit zwei Arten von editorischen Zeichen versehen.

Das Zeichen ⟨ ⟩ um kursiv gedruckte Wortteile macht aufmerksam auf textkritische Korrekturen des überlieferten, aber korrumpierten Wortlauts. (Unzweifelhafte Druckfehler sind stillschweigend verbessert.) Es handelt sich um folgende Korrekturen von Textverderbnissen:

Vorliegende Ausgabe		*Erstdruck*
36,18 f.	w⟨*eiter*⟩	wieder
37,3	herunter ⟨*zu*⟩ lassen	herunter lassen
38,5	meine⟨*n*⟩	meine
38,16 f.	Hrn. L.⟨. .*s*⟩	Hrn. L.
38,19	g⟨*ä*⟩be	gebe
39,2	w⟨*e*⟩hren	wahren
39,26	w⟨*ü*⟩ßte	wußte
39,36	⟨*Er*⟩	Ich

40,7	w⟨*ü*⟩ßte	wußte
40,28	Hr. ⟨*E*⟩.	Hr. C.
41,19	w⟨*u*⟩ßten	wüßten
41,34 f.	de⟨*n*⟩ Briefe⟨*n*⟩	dem Briefe
43,15	zu ⟨*lesen*⟩	zu
43,24	sagt⟨*e*⟩	sagt
46,36	Folge⟨*n*⟩	Folge
47,21	Hr⟨*n*⟩.	Hr.
47,24	da⟨*ß*⟩	da
48,10	d⟨*ü*⟩rften	durften
48,25	Solb⟨*ach*⟩	Solb
48,35	h⟨*ä*⟩tte	hatte
49,25	fällt⟨*e*⟩	fällt
49,34	m⟨*üss*⟩en	mußten
50,10	empf⟨*ahl*⟩	empfehle
50,11	⟨*in*⟩ der	der

Das Zeichen ⟨. . .⟩ signalisiert textkritische Eliminationen im überlieferten, korrumpierten Wortlaut. Im einzelnen steht es für folgende Gegebenheiten im Erstdruck:

Vorliegende Ausgabe		*Erstdruck*
42,3	⟨. . .⟩	daß
44,31	Hr⟨. . .⟩.	Hrn.
45,5	inwendig⟨. . .⟩	inwendig in
50,5	nun ⟨. . .⟩	nun, auch die

Für die vorliegende Ausgabe wurde der Text nach denselben Prinzipien modernisiert wie Büchners *Lenz*. Das bedeutet auch, daß die Besonderheiten der Interpunktion belassen wurden, auch wenn sie sich eher der Nachlässigkeit Stöbers als einem Gestaltungswillen verdanken.

*

Die Gewißheit, daß der Oberlin-Bericht eine Erzählquelle Büchners war, diese Gewißheit wohl hat davon abgehalten, systematisch nach weiteren, d. h. nach biographischen, psychiatrischen und literarischen Quellen des *Lenz* zu forschen. Eine solche Arbeit der Spurensicherung scheint aber unabdingbar bei einem Autor, der bei seinen Texten, vom *Hessischen Landboten* bis zum *Woyzeck*, von Impulsen der Lektüre bestimmt wurde, der seine Inspiration an und gegen Vorlagenmaterialien sich entzünden ließ, der schreibender Leser wie lesender Autor war.

So auch beim *Lenz*. Büchners Erzähl-Projekt ist nicht einfach eine literarische Umsetzung des Oberlin-Berichts, sondern eine umfassend die Tradition reflektierende und transzendierende Umschaffung und Neuschaffung. Das ist eine Dimension seiner Literarisierung des Falles Lenz: Bewußtsein und Erkenntnis der Zeit Büchners, der ›Nach-Kunstperiode‹, vermitteln sich in der darstellerisch erlangten und eröffneten Erkenntnis der ›Vor-Klassik‹ – kritische und produktive Verständigungen, die bei Büchner vor allem über und gegen Goethes Darstellung des J. M. R. Lenz und der ›Genie-Zeit‹ zustande kommen.

Ein wirkungsmächtiger Impuls dafür ist schon in Goethes *Aus meinem Leben. Dichtung und Wahrheit*, mit seinen Alterserinnerungen an J. M. R. Lenz und den Sturm und Drang, gegeben. Denn Goethes Autobiographie war ebenfalls eine Vorlage[15] Büchners, eine Quelle seiner Information über die historische Erscheinung des Lenz, aber vor allem Anstoß und Bezugspunkt für die darstellerische Reflexion des Falles. Deshalb sind die wichtigsten Passagen über Lenz aus *Dichtung und Wahrheit* (aus Buch 11 und 14) in die vorliegende Studienausgabe aufgenommen. Sie werden nach der Erstveröffentlichung[16] und in behutsamer ortho-

15 Die Quellenbewandtnis wurde schon von Landau und dann wieder von Anz angemerkt – vgl. Paul Landau, »Georg Büchners Leben und Werke«, in: *Georg Büchners »Gesammelte Schriften«*, Bd. 1, Berlin 1909, S. 5–169, hier S. 111; Heinrich Anz, »›Leiden sei all mein Gewinnst‹. Zur Aufnahme und Kritik christlicher Leidenstheologie bei Georg Büchner«, in: *Text & Kontext* 4 (1976) H. 3, S. 57–72, hier S. 66 f. Anm. 29, überarbeitet auch in: *Georg Büchner Jahrbuch* 1 (1981) S. 160–168.

16 Goethe, *Aus meinem Leben. Dichtung und Wahrheit*, 3 Tle., Tübingen 1811–14, hier T. 3, S. 114–117, 373–383, 384 f.

graphischer Modernisierung – wie Büchners *Lenz* und Stöbers Oberlin-Fassung – wiedergegeben.
Es dürfte hinlänglich bekannt sein, daß Goethe sein Erinnerungsbild an J. M. R. Lenz auf Kritik post festum abgestimmt hat. Er hat den Jugendgefährten zur bedenklichen Repräsentationsfigur für die »deutsche literarische Revolution«[17] des Sturm und Drang stilisiert und zur klassizistischen Spiegelung auch der romantischen Bewegung benutzt. Goethes Ansichten von diesem »seltsamen Menschen« (51,18), diesem »merkwürdigen Menschen« (52,29 f.), der als »Schelm in der Einbildung« (53,30) ein phantastisches Wesen trieb und »verschwand«, »ohne im Leben eine Spur zurückzulassen« (57,15 f.), haben aber entscheidende Bedeutung für die Rezeption des J. M. R. Lenz erlangt. Sie müssen als Matrix aller folgenden Lenz-Darstellungen gelesen werden – auch der Erzählung Büchners, die allerdings in einer dialektischen Beziehung zu der Stilisierung durch Goethe geschrieben ist.
Es ist in der bisherigen Forschung kaum zur Geltung gekommen, daß und wie Büchners *Lenz*-Projekt sich Impulsen verdankt, die von Goethe ausgehen und auf Goethe zurückkommen. Deshalb scheinen einige Überlegungen zur Quellen-Relevanz angebracht. Dabei könnte vielleicht deutlich werden, daß philologische Rekonstruktion, hier: Quellenforschung, einen hermeneutischen Horizont erweitern hilft. Denn solche Rekonstruktion kann die literarische Arbeit Büchners, sein nach- und umschaffendes Gestalten aus »reproduktive[r] Phantasie«[18] und Vorlagenmaterial, einsehbar machen – als traditionsprüfende Schreibmethodik. Die darstellerische Reflexion von Materialien der Geschichte ist für Büchner selbst, und potentiell auch für seine Leser, ein hermeneutisches Verfahren zur Selbstvergewisserung an und in der Geschichte:

17 Goethe (Anm. 16) T. 3, S. 103.
18 So Karl Gutzkow über Büchner, in: *Telegraph für Deutschland* (1839) S. 111.

Büchners suggestive Vergegenwärtigung des »unglücklichen Poeten« Lenz[19] ist als Antwort auf Goethes Distanzierung von jenem »merkwürdigen Menschen« konzipiert und auch zu lesen – als Reflexion der Vorlage im Medium erzählerischer Gestaltung. Büchner nahm produktiv wie kritisch auf, was Goethe über zwei Jahrzehnte zuvor gleichsam als Darstellungsappell in Sachen J. M. R. Lenz formuliert und damit für sich selber erledigt hatte: »Vielleicht wird es dereinst möglich, nach diesen Prämissen, seinen Lebensgang, bis zu der Zeit, da er sich in Wahnsinn verlor, auf irgend eine Weise anschaulich zu machen« (55,32 ff.).

Zunächst kann nicht übersehen werden, daß Büchners Erzählung in kleinen, bezeichnenden Details, wie denen der äußeren Erscheinung von Lenz, der Skizze in *Dichtung und Wahrheit* folgt. Siehe einerseits Goethes Angaben: »blonde Haare«, »allerliebstes Köpfchen« von »zierlicher Form«, »niedliche etwas abgestumpfte Züge«, »ein Betragen [. . .] zwischen Zurückhaltung und Schüchternheit«, »eine angenehme nicht ganz fließende Sprache« (51,25 ff.). Und siehe andererseits Büchners erzählerische Umsetzungen: »die blonden Locken« (7,4), »das anmutige Kindergesicht« (9,14 f.), »er war schüchtern« (9,13), »sein Gespräch sehr angenehm« (9,14) und »im Gespräch stockte er oft« (27,18 f.). Doch dann ist auch erkennbar, daß Büchner den Grundansatz Goethes, die »Eigenheiten« von Lenz in deren Nexus mit der »Zeitgesinnung« (52,34 ff.) des Subjektivismus zu bedenken, übernimmt und – unter anderem Vorzeichen – ausgestaltet. Man vergleiche z. B. Goethe und Büchner über die Verkehrung ins Willkürliche und Imaginäre. Goethe spricht da von »Lenzens Verkehrtheit«,[20] seinen »verkehrtesten Mittel[n]« und sagt: »mit seinen Vorstellungen und Gefühlen verfuhr er willkürlich« (53,31 ff.). Entsprechend

19 So Büchner in einem Brief vom Oktober 1835 an seine Eltern – vgl. Georg Büchner, *Werke und Briefe*, Münchner Ausgabe, München/Wien 1988, S. 310.

20 Goethe (Anm. 16) T. 3, S. 210.

erzählt Büchner von Lenzens Bedauern, »daß er nicht auf dem Kopf gehn konnte« (5,11 f.), und davon, daß er sich schließlich amüsierte, »die Häuser auf die Dächer zu stellen« (27,35 f.), einem Ausdruck seines Triebes, »mit allem um ihn im Geist willkürlich umzugehen« (27,33 f.).
Schließlich aber: Büchner knüpft an Goethe an, um dessen Intention ins Gegenteil zu überführen. Goethe verharrt ja darin, vom »Charakter« des Lenz »mehr in Resultaten als schildernd« (52,31 f.) zu sprechen. So ist in *Dichtung und Wahrheit* über Lenz auf Vergegenständlichung und Distanzierung hin räsoniert. Dagegen setzt Büchner gerade den Modus der Darstellung ein, den Goethe im Fall von Lenz für »unmöglich« (52,32 ff. und 55,35) erklärt hatte: Büchner vergegenwärtigt sich und seinen Lesern nun den Unglücklichen ›schildernd‹ und ›darstellend‹, er gestaltet ihn ›anschaulich‹. Aus psychologischem Verständnis und auf Traditionssuche hat Büchner eine Erzählweise entwickelt, die auf Annäherung und Vergewisserung zielt. Sie korrespondiert mit dem Darstellungsinteresse, das er für seine Dramatik brieflich formuliert hat, nämlich »der Geschichte [...] so nahe als möglich zu kommen«, einem Darstellungsinteresse, das »uns statt Charakteristiken Charaktere, und statt Beschreibungen Gestalten gibt« und uns »in das Leben einer Zeit hinein versetzt«.[21] Die Erzählweise im *Lenz* entspricht der dort im Kunstmonolog eigens reflektierten Darstellungsprogrammatik: »Man versuche es einmal und senke sich in das Leben des Geringsten und gebe es wieder, in den Zuckungen, den Andeutungen« (14,21 ff.). Aus solcher Gestaltungsopposition zur Prosa des späten Goethe läßt sich die Geschichtlichkeit der miterlebenden, miterleidenden Erzählperspektive im *Lenz* einsehen.
Freilich, Büchners Opposition greift gleichzeitig wieder positiv auf Goethesche Muster zurück. Durch montageähnliches Zitieren verwandelt Büchner der Erfahrungs- und

21 In einem Brief vom 28. Juli 1835 an die Eltern – vgl. Büchner (Anm. 19) S. 305.

Denkwelt seiner Lenz-Figur eine Reihe von anderen Textelementen aus *Dichtung und Wahrheit* an, die auf die »deutsche literarische Revolution«[22] des Sturm und Drang, auf das Zeitalter der pietistisch-empfindsamen »Selbstquälerei« (53,1) und der Hypochondrie wegen der »Sünde in den Heiligen Geist«, auf das damalige »Abarbeiten in der Selbstbeobachtung« (53,12 f.), auf das *Werther*-Syndrom, auf das Friederiken-Erlebnis usw. verweisen. Mehr noch: Büchner integriert signalhaft Motive, Denkbilder und Wendungen direkt aus Goethes *Werther*, die ihm geschichtlich symptomatisch für seine Rekonstruktion geniezeitlicher Mentalität scheinen, und ver-wendet sie zur Spiegelung von Obsessionen seiner eigenen ›Weltschmerz‹-Generation.
Bei näherer Untersuchung des dialektischen Goethe-Bezugs in Büchners *Lenz*-Entwurf wird erkennbar: Intention seines Erzählens ist es nicht nur, Lenz – entgegen Goethes ausdrücklicher Abstinenz in *Dichtung und Wahrheit* (55,32 ff.) – »anschaulich zu machen«. Vielmehr ist in Büchners Medium des zugleich rekonstruierenden und vergegenwärtigenden Erzählens, das wie seine Dramatik »die Geschichte zum zweiten Mal erschafft«,[23] welche in Goethes sogenannten »Prämissen« höchst verschlossen liegt, etwas weiteres verfolgt: Büchner will den abgewandten Räsonnements Goethes über einen »Un- oder Halbbeschäftigten« (53,18 f.) die nahegehende, nachvollziehbare Darstellung einer katastrophalen ›Leidensgeschichte‹ entgegenhalten, die in intendiertem Vergleich mit den *Leiden des jungen Werthers* zu lesen ist – als Geschichte einer Entwicklung zu innerem Tod und angepaßtem Dasein. Für Lenz »war ja keine Ruhe und Hoffnung im Tod« (29,22 f.).

*

Es mag befremden: Für sein *Lenz*-Projekt wertete Büchner nicht nur Werke Goethes und andere Hochliteratur als

22 Goethe (Anm. 16) T. 3, S. 103.
23 Siehe Anm. 21.

Quellen aus, sondern auch erbauliche Schriften eines französischen Trivialautors.[24] Bei diesem handelt es sich um den Artillerieoffizier Paul Merlin (1788–1864), der lediglich aus Liebhaberei und aus persönlicher Verehrung für Oberlin schriftstellerte. Als sein devotionales Hauptwerk veröffentlichte er 1833 die elsässische Novelle *Le Pasteur Oberlin*, in der er seine Schilderungen des heiligenmäßigen Lebens und der Reformarbeit im Steintal (Ban de la Roche) mit einem novellistischen Plot zu steigern sucht: Als interessenwekkende Beimischung zu der frommen Lebensgeschichte Oberlins erzählt Merlin noch von einem ganz andersartigen Menschen und seinem spektakulären Schicksal; es ist die fiktive Geschichte des schwedischen Adeligen Rodolphe de Harr, der aus Liebesleid und -schuld psychisch krank wurde und als einsamer, ruhelos in den Vogesen umherirrender Fremder zufällig ins Steintal gerät, wo er bei Oberlin gastfreundliche Aufnahme und seelsorgerische Betreuung erfährt ...

Wenn auch Merlins Novelle nur den Rang von Dutzendware hat, so ist doch zu erkennen, daß ihr Rodolphe-Plot im stofflichen Kern auf die Geschichte des J. M. R. Lenz vom Anfang des Jahres 1778 zurückgeht. Das bedeutet: Der französische Gelegenheitsschriftsteller Merlin war es, der wenige Jahre vor Büchner eine erste, wenn auch triviale Fiktionalisierung jenes historischen Steintalaufenthalts des Sturm-und-Drang-Dichters unternommen hat, der dann mit dem *Lenz*-Entwurf Büchners in die Weltliteratur eingeschrieben werden sollte, wobei sich dieser Dichter durchaus auch von dem Trivialautor anregen ließ. Im Hinblick auf die intertextuellen Zusammenhänge ist die Anfangspassage aus

24 Zum Folgenden vgl. Hubert Gersch, in Zsarb. mit Stefan Schmalhaus, »Quellenmaterialien und ›reproduktive Phantasie‹. Untersuchungen zur Schreibmethode Georg Büchners: Seine Verwertung von Paul Merlins Trivialisierung des Lenz-Stoffs und von anderen Quellen«, in: *Georg Büchner Jahrbuch* 8 (1990–94) S. 69–103. – Dort ist S. 83–88 auch noch Büchners erzählerische Auswertung einer anderen Schrift Merlins, der *Promenades Alsaciennes* (Paris 1824), nachgewiesen.

Merlins *Le Pasteur Oberlin*[25], die die Verwertung des Lenz-Stoffes widerspiegelt und die ihrerseits für Büchner als Inspirationsquelle diente, in der vorliegenden Ausgabe diplomatisch getreu abgedruckt.
Auf den Grundeinfall zu seinem Rodolphe-Plot war Merlin durch seine ständige Vorlage, die *Oberlin*-Biographie D. E. Stöbers[26], gekommen, die knapp skizziert, daß J. M. R. Lenz aus Liebesunglück in eine tiefe Melancholie gestürzt sei und seinen Seelenfrieden bei dem Steintalpfarrer gesucht habe. Spektakuläre Einzelheiten hat Merlin dann dem *Lenz*-Aufsatz A. Stöbers[27] entnommen, in dem ausgesponnen ist, der liebeskranke Dichter sei im ganzen »Wesen verwildert«, wie »von einem unvermeidlichen Schicksale erfaßt«, ins Elsaß und im Januar 1778 ins Steintal gekommen: »Er irrte [. . .] in den Vogesen umher« und gelangte zu Oberlin. Im Zuge seines Ausphantasierens hatte A. Stöber die Nachricht Oberlins von Lenzens nicht den sozialen Konventionen entsprechenden, rousseauistisch offen getragenen »Haaren und hängenden Locken« (35,7) mißverstanden und ersonnen, der seelisch kranke Lenz sei »in seinem Aeußern auf's Höchste vernachläßigt« zu Oberlin gelangt. Diese Erdichtung übernehmend, hat Merlin in seiner Novelle (vgl. 58,22 f.) den Ankömmling Rodolphe mit unordentlichen, regendurchnäßten Haaren und Kleidern in Szene gesetzt.
Hieran und an Merlins weiterer Personenbeschreibung (vgl. 59,19 ff.) knüpft Büchners Lenz-Porträt an, freilich nicht in seiner Struktur wortkarger Bestandsaufnahme, sondern in den motivischen Elementen der losen Haare, die das bleiche Gesicht umrahmen, des Gefühlsausdrucks der Augen wie des Mundes und im Motiv des derangierten Zustands der

25 Paul Merlin, *Le Pasteur Oberlin. Nouvelle Alsacienne*, Paris/Straßburg 1833, S. 3–9.

26 Siehe Anm. 8.

27 A. Stöber (Anm. 9) S. 1002. – Merlin kannte nur das dortige Referat des Oberlin-Berichts, nicht aber den Text *Herr L . . . . . .*

Kleidung: »die blonden Locken hingen ihm um das bleiche Gesicht, es zuckte ihm in den Augen und um den Mund, seine Kleider waren zerrissen« (7,4 ff.). Doch bei aller Quellenabhängigkeit in den Details – welch darstellerischer Unterschied im ganzen durch Variation und Steigerung, Komprimierung und Reduktion der entlehnten Motive. Während Merlin in epischer Häufung Rodolphe mit gemeinplätzig metaphorisierten Attributen als Melancholiker des aristokratisch romantischen Typs expressis verbis auslegt, gestaltet Büchner in nüchterner Erzähllakonie physiognomische Signale, die dem Leser das Bild eines Verstörten selber zu deuten geben.

Wenn der Quellenbefund auch besagt, daß Büchner sogar kleinste Einzelheiten nicht erfindet, sondern übernimmt, so kann der Vergleich aber auch erkennen lassen, wie seine »reproduktive Phantasie«[28] das entlehnte Quellenmaterial gestalterisch verändert und in der Bedeutung verwandelt, so daß aus Merlins klischeehafter Beschreibung des melancholischen Habitus die Darstellung von Seelenleid erwächst. Die Um-Schaffensmethode wird sinnfällig in einem Erzählzusammenhang (7,26–8,16), in dem Büchner die erste Übernachtung seines Lenz in Waldbach darstellt. Dabei entwikkelt er die knappen Angaben seiner Hauptquelle, Oberlins Bericht *Herr L.....*, daß J. M. R. Lenz im »Besuchzimmer im Schulhause« untergebracht wurde (35,19 f.) und »die ganze Nacht nicht geschlafen« hat (36,10 f.), zu einer eindrucksvollen Szene, indem er spezifische Einfälle aus der Lektüre der Merlinschen Novelle (vgl. 61,15–62,4) gewinnt. Die Gestaltungs- und Bedeutungsunterschiede könnten kaum größer sein. Während Merlins biedermeierliche Episode einen episch-erbaulichen Ruhepunkt markiert, formt der Autor des *Lenz* aus diesem Material eine Szene der Unruhe, Irritation und Verstörung:

In Merlins *Oberlin*-Novelle wird Rodolphe zur Nacht in

28 Siehe Anm. 18.

einem kleinen, aber reinlichen Zimmer des Pfarrhauses untergebracht; für ihn ist ein schneeweißes Bett gastfreundlich schon aufgedeckt. Solche akkurate Gemütlichkeit findet Büchners Lenz bei seiner Übernachtung im Besuchszimmer nicht vor, im Gegenteil: »es war kalt oben, eine weite Stube, leer, ein hohes Bett im Hintergrund«; die Aufzählung evoziert den Eindruck eines deprimierend kahlen Raums, der in seiner Weite und Leere dem heimelig-engen Pfarrhaus kontrastiert (vgl. 7,15 ff.), das Lenz zuvor verlassen mußte. Merlins Rodolphe nimmt am geöffneten Fenster Platz, um den Blick weit in die friedliche, mondbeschienene Natur schweifen zu lassen; er wird so sehr beruhigt, daß er sich in geläufiger Melancholikerpose schließlich Wachträumereien überläßt. Diesem romantisierenden Motiv des kontemplativen Fensterausblicks widersetzt sich Büchner; Lenz kommt nicht zur Ruhe, er geht im Gastzimmer »auf und ab«, wie ein Eingekerkerter. Wenn Merlin den schwermütigen Rodolphe, der durch Oberlins Zuversicht (vgl. 60,19 ff.) bereits positiv beeinflußt erscheint, sich gar in Gedanken an die Zukunft versenken läßt, dann ist diese nach vorne gerichtete (und erzählerisch auf die absehbare glückliche Wende seines Schicksals vorausdeutende) Perspektive in Büchners Darstellung völlig vermieden; für Lenz gibt es keine Zukunft.
In der Novelle lenkt Rodolphe seine Gedanken auf den mit Oberlin verlebten Abend und ruft sich den friedlich-glücklichen Gesichtsausdruck des Pfarrers ins Gedächtnis. In Analogie zu dem Quellentext besinnt sich auch Büchners Lenz; doch ihm verflüchtigt sich die Erinnerung, »das Zimmer im Pfarrhause mit seinen Lichtern und lieben Gesichtern, es war ihm wie ein Schatten, ein Traum«. In Merlins Novelle schlägt es elf Uhr, Rodolphe geht zu Bett, und wie seit langem nicht mehr, fällt er ermüdet in einen friedlichen Schlaf. Solchen beruhigten Tagesausklang kehrt Büchners Darstellung radikal um. Nicht nur, daß sich Lenzens Erinnerung verflüchtigt, mehr noch, es wird ihm »leer, wieder wie auf dem Berg«. In wörtlicher und motivischer Parallele

zum Eingang des Erzählentwurfs (vgl. 6,16 ff.), zur abendlichen Panikszene auf der »Höhe des Gebirgs« und zu dem dortigen Syndrom aus Einsamkeit, Finsternis, Horror vacui, Angst und Fluchtreaktion verläuft auch das Nachterlebnis im Besuchszimmer. Lenz kann seine innere Leere »mit nichts mehr ausfüllen«; als gar das Licht ausgeht und die Finsternis alles verschlingt, die Leere des Erinnerungsschwundes durch den Wahrnehmungsverlust noch gesteigert wird, da erfaßt ihn eine »unnennbare Angst«, er reagiert nur noch instinkthaft und panisch. Büchner radikalisiert das in der Novelle *Le Pasteur Oberlin* vorgegebene Motiv der Wachträumerei zum völligen Selbstverlust Lenzens; dieser wird »sich selbst ein Traum« und gelangt erst durch körperlichen Schmerz und den Schock des Kaltbads wieder zum Bewußtsein seiner selbst. Doch auch dann wird ihm kein friedlicher Schlaf zuteil wie dem melancholischen Rodolphe, lediglich die »Erschöpfung« läßt ihn »endlich ruhen«.

Es kann kaum noch befremden; einmal mehr hat Büchner gelesenes Fremdmaterial benutzt. Sein quellenorientiertes Schreiben hat Methode: Er scheint Vorlagen zu verwenden, um sich zu Widerspruch, Umbildung und Neugestaltung anregen zu lassen. Seine Rezeption ist ästhetisch-kritische Reflexion des Lesestoffs und verändert diesen so sehr, daß seine Übernahmen einen Gestaltungskontrast und Sinnwiderspruch zu den Vorlagen bilden. Büchner schreibt gegen seine Lektüre an, verfaßt Gegenentwürfe. Er verfolgt eine traditionsprüfende und -revolutionierende Schreibmethode, bei der er durch Umwandlung, ja Negation des Gelesenen das Eigene, das literarisch Neue hervorbringt.

Literaturhinweise

Büchner, Georg: Werke und Briefe. Münchner Ausgabe. München/Wien: Hanser, 1988.

Büchner, Georg: Sämtliche Werke und Schriften. Historisch-kritische Ausgabe mit Quellendokumentation und Kommentar. Marburger Ausgabe. Hrsg. von Burghard Dedner und Thomas Michael Mayer. Bd. 5: *Lenz*. Hrsg. von B. D. und Hubert Gersch. Unter Mitarb. von Eva-Maria Vering und Werner Weiland. Darmstadt 2001.

Arnold, Heinz Ludwig (Hrsg.): Georg Büchner I/II. III. München 1979. 1981. (text + kritik. Sonderbde.)

Dedner, Burghard: Büchners *Lenz*: Rekonstruktion der Textgenese. In: Georg Büchner Jahrbuch 8 (1990–94) S. 3–68.

Dedner, Burghard / Gersch, Hubert / Martin, Ariane (Hrsg.): »Lenzens Verrückung«. Chronik und Dokumente zu J. M. R. Lenz vom Herbst 1777 bis Frühjahr 1778. Tübingen 1999. (Büchner-Studien. Bd. 8.)

Gersch, Hubert: Georg Büchners *Lenz*. Textkritik. Editionskritik. Kritische Edition. Diskussionsvorlage für das »Internationale Georg Büchner Symposium« (Darmstadt 25. – 28. 6. 1981). 2 Tle. Münster 1981.

Gersch, Hubert, in Zsarb. mit Mitgliedern Münsterscher Forschungsseminare: Der Text, der (produktive) Unverstand des Abschreibers und die Literaturgeschichte. J. F. Oberlins Bericht *Herr L......* und die Textüberlieferung bis zu G. Büchners *Lenz*-Entwurf. [Kritische Ausgabe der Handschrift. Dokumentation der Textüberlieferung. Kritik der Textüberlieferung. Kritik der Quellentextgeschichte zu Büchners *Lenz*-Entwurf. Analyse- und Interpretationsbeispiel.] Tübingen 1998. (Büchner-Studien. 7.)

Hauschild, Jan-Christoph: Georg Büchner. Biographie. Stuttgart/Weimar 1993.

Mayer, Thomas Michael: Bemerkungen zur Textkritik von Büchners *Lenz*. In: Georg Büchner Jahrbuch 5 (1985) S. 184–197.

Sengle, Friedrich: Georg Büchner (1813–1837). In F. S.: Biedermeierzeit. Deutsche Literatur im Spannungsfeld zwischen Restauration und Revolution 1815–1848. Bd. 3: Die Dichter. Stuttgart 1980. S. 265–331; 1093–97.

Inhalt